莊淑旂

回・憶・錄

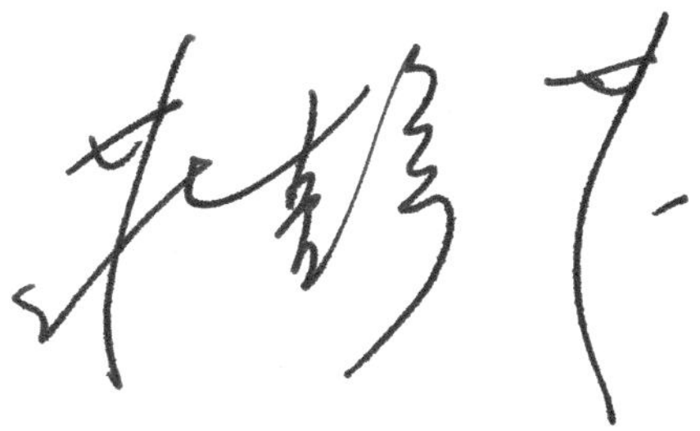

莊淑旂

回・憶・錄

目錄

CONTENTS

〈再版序〉緣起——許雪姬 006

〈再版序〉將媽媽的愛傳世——莊靜芬 010

〈再版序〉憶我的醫學啟蒙老師——莊淑旂博士 中醫養生生活化的實踐家和教育家——張烱宏 014

〈前言〉淚水與汗水——莊淑旂娓娓道平生——劉淑芬 019

第一章——與藥材為伍的童年 023
第二章——醫學的興趣與啟蒙 039
第三章——父親病故，姊弟力承父業 056
第四章——十八歲新娘 073
第五章——夫死從子，面對艱困挑戰 083
第六章——執業中醫，有志者事竟成 105
第七章——遠渡日本，名震皇室貴族 120

第八章——入學慶應，取得博士學位——138
第九章——防癌，人生大事——159
第十章——健康管理及諮詢——190
第十一章——來去東瀛，醫病也醫心——204
第十二章——成立基金會，預防重於治療——235
第十三章——家庭與我——245
第十四章——食療・防癌・宇宙操——253

第十五章——一生的回顧——271
回憶——288
莊淑旂博士百年誕辰暨文物捐贈典禮與花絮——312

〈再版序〉

許雪姬

一、緣起

和莊淑旂女士認識並進行口述訪談，必須話說從頭。一九九五年拙著《藍敏先生訪問紀錄》出版後，莊女士的次子陳再生醫師，透過藍女士友人李博信先生的引介，希望我能幫其母進行口述歷史，認為這是他所能盡最大的孝道了。當時，我正準備到日本京都大學進行半年的訪學，加以我對中醫一無所知，如何進行訪談？因此頗為躊躇。我把此一疑慮告訴好友劉淑芬，沒想到她極力敦促我接下此事，這是因為她坐月子時完全依莊博士《坐月子的方法》一書的指引，獲得良好的結果之故。我又和學妹兼同事賴惠敏、張淑雅討論，沒想到她們也贊成，並且願意幫忙，就在猶豫中做出了決定。一九九六年初回國後，陳醫師再度和我聯繫，在沒有我服務的單位中研院近史所的奧援下，就由我們四個人一起來做吧。四個博士聯手進行莊博士的訪談，也算是一段佳話。

二、訪談與出版

在陳醫師的安排下，我們和莊博士在圓山大飯店初次見面，一頭銀髮、態度親切的她，立刻擄獲我們的心，決定下週一上午即展開工作。此後每星期一早上，我和三位朋友搭計程車前往莊博士家，由我邊問邊記，其他三人也展開學生時代練就的記筆記能力，盡可能抄錄。下午回到中研院後，他們交出筆記，我則利用下午、晚上的時間將稿子整好，翌日交由賴惠敏輸入電腦，總在下次訪問前就已經整理好此次的訪談稿。每週一次兩個小時的訪問，大約進行了幾個月；內容聚焦在莊博士的家世、中醫養成經歷、赴日取得博士、行醫濟世等。當訪問進入尾聲時，我們希望能訪問莊博士周邊的親人，也獲得她的同意。當訪談結束稿子大致就緒後，我立刻和遠流王榮文社長連繫，他有意願出版此書。不過，莊博士及家人看過後似乎不太滿意，卻沒有明白表示，因此這份書稿就此被擱置了。經過了五年，莊博士終於同意出版，但提出必須刪除她醫治日本皇族與她子女的訪問紀錄的條件。

三、問世

《莊淑旂回憶錄》一書終於在二〇〇一年問世，此書出版後，非常暢銷，被《中國時報》選為十大好書，更得到文建會和《中國時報》合辦的「二〇〇一年開卷好書獎」，接受頒獎。多年後，我和莊博士終於在頒獎典禮上見面。我回想起做這本書的點點滴滴：每回訪談後，中午莊博士會親自做菜請我們吃，有時也到外面的館子用餐。在餐席間，她會教導什麼是有益身體的食物，如一般被忽略豬尾巴、蝦殼尾等。有時教導做毛巾操，指導站姿、坐姿，強調挺直背部，……這些後來都成為我生活的重要習慣。二〇〇四年七月，遠流告訴我已經八刷，賣出一萬五千多本。

四、尾聲

此書出版後，周圍的朋友不斷地向我索取，分享我們的成果，雖然都是「無料贈送」有傷荷包，但卻是我感到最快樂的事。她們認為莊博士的大愛，為眾生緩解癌症的痛苦、甚至戰勝病魔，可以做為養生的參考。不僅如此，莊博士又諄諄告訴讀者，如何與病痛和平共存。我想有些找他醫治的病人，先經她言辭的撫慰，病就先好了一半。她一生突破困境，努力照顧家人、病人，又能成就自己，成為中醫界的奇葩。她的努力也成為一種傳奇，擁有不少的「莊粉」。

今年適逢莊博士百年冥誕，孝順的三女莊靜芬醫師和外孫女，發願為她辦展、重新出版《莊淑旂回憶錄》，也讓我有機會簡述此書出版的過程，更再憶起和莊博士相識訪談的經歷，感慨繫之。我也要特別謝謝我的同學劉淑芬、學妹張淑雅、賴惠敏，我們在臺大歷史研究所的緣份能在中央研究院延續，還能攜手合作這本口述歷史，值得紀念。如今相關的展覽會將在十一月二十日開展，撫今追昔，謹以為序。

許雪姬

二〇一九年十月二日於臺北

〈再版序〉

將媽媽的愛傳世

莊靜芬

媽媽莊淑旂博士，生於一九二〇年十一月二十六日，在百年冥誕前夕，為了使媽媽的遺物能得到好的保存與研究，讓後人得以循著她的人生道路，傳承創新，家族將它們致贈給中央研究院歷史語言研究所，並重新整理《莊淑旂回憶錄》再版，算是為人子女的，對媽媽盡了綿薄的孝道。

現在的我，對媽媽來人世間一遭，有了重新的體會。

我們一般人，大多被遭遇所束縛，只有非常少數的人，能把遭遇變成舞台。是因為有特別使命才來人間，像媽媽，就是來做大事的。經歷再多辛苦，從沒改變心裡簡單的信念，要引導世人走向健康的生活。

在日本的時候，放學回到家，常看到屋外停著很多黑頭仔車。覺得跟媽媽距離很遠。她的旁邊一直圍著很多人，我們家五個小孩，私下會計較著媽媽給誰的愛較多。

但這就是媽媽，似乎有用不完的精力，她永遠在照顧身邊的人。

她，六歲就做家事、要餵身體不好的阿嬤吃飯；十二歲幫阿公顧店，幫客人抓藥，大膽地當起小先生媽，會製藥；十八歲和父親結婚，七年生五個小孩；二十歲、二十六歲她的父親及丈夫相繼因癌離世，為了帶領孤兒寡母活下去，她幫人家洗衣服、考中醫，甚至入獄；三十六歲遠赴日本，強忍貧窮孤寂，除了要安頓家人，一心只想，世人怎樣才能避免我的阿公跟爸爸在癌末時所受的痛苦？怎樣能預防癌症？成為媽媽一生研究關心的重心。

不同於現在的醫病關係，媽媽和病人都成了朋友。媽媽主張病是從生活中得到的，應該要回去改變生活。隨著時代的進步，醫學讓人變得長壽，但臥床時間也更長，媽媽的話才是永遠的王道：要在生活中管理自己的健康，自己才是自己最好的醫生！

媽媽一生都身體力行她的理念。

不管颳風下雨，早上早起，整理好食材，放進電鍋，隨即就到山上走路，洗好溫泉，回到住處再吃豐盛的早餐。二〇一一年二月八日，我的弟弟再生咽喉癌過世，媽媽因為傷心，變得安靜不愛說話，隔年，為了散心，我帶她出國玩，在旅行中不慎跌倒骨折，令醫師驚奇的是，九十三歲的媽媽竟然不用開刀，骨頭自己長了回去。後來，我接媽媽到家裡住，一直到最後，媽媽都還靜靜自己吃飯，端正的坐姿，一口一口，細嚼慢嚥，非常優雅。我在旁邊看她，恣意的親抱媽媽，慶幸獨享了三年天倫之樂。

我的家族都是媽媽的粉絲。夫婿郭純育醫師，今年五月一日過世，他是媽媽的知音，兩人常對著一壺小酒談心。作為一個醫師，我對生死苦痛，有著比較自然的看法。相信這些人事演過後都變成繁星，在天上閃爍。媽媽和夫婿都在天上笑者，堅毅的愛依然守護活著的世人。我感謝此生能跟他們相遇，相伴與相愛！

藉著這本書的再版，我要在此再次謝謝許雪姬、劉淑芬教授及張淑雅、賴惠敏小姐，是她們的努力辛勞，讓媽媽的記事完整的呈現在世人面前，特別是許雪姬教授，歷經很多波折。也謝謝中央研究院史語所及檔案室的同仁，偉立、金梅、素華、宥容、還有我的家族，讓媽媽的第一手資料得以傳世，謝謝大家！

至於，把媽媽的故事拍成電影、完成媽媽畢生想做的養生教育園區、設立莊淑旂紀念館，我想把它當成人生的一場接力。朋友！我們一起加油！讓媽媽，莊淑旂博士，慈愛的繼續引領大家……健康幸福！

莊靜芬

二〇一九年五月二十七日

〈再版序〉

憶我的醫學啟蒙老師——莊淑旂博士

中醫養生生活化的實踐家和教育家

今年是己亥年於中秋節當天接到前輩莊靜芬醫師電話，得知要將莊博士的著作重新整理出版，這些著作都是博士她花了一生大半輩子行醫經驗、詳細記錄分析眾多患者的生活習性、結合中西醫養生智慧結晶，今年是博士她的百歲冥誕，意義更是非凡。晚輩我有幸接受過莊博士飲食和生活調理，進而受到博士行醫救人的影響，轉行行醫這條路，也將博士的養生理論融入於醫療中，從患者到醫師的雙重角

色，更能體會其中的點點滴滴，這次非常榮幸被邀請為莊博士的回憶錄寫序，乃誠惶誠恐接下此任務。

回想二十多年前於成大唸研究所時一個偶然機會聽到莊博士的一場健康講座，從此埋下日後轉行中醫師的種子。很幸運地接受莊博士的指導學習「健康一天」的生活和飲食，自己買菜和煮飯，每周菜單均請博士指導，飯前必先平躺休息（使自律神經平衡）且進行耳朵和手背按摩（透過經絡按摩達臟腑保健功效），腹部纏綁布巾以及不可甜鹹食物混合食用，並遵守「早餐吃好、中午吃飽、晚餐吃少」的原則，現在很多人晚上吃太好，反而造成腸胃消化負擔，加上一天疲勞未消除，反而有睡眠障礙的問題，這時力行「今日疲勞，今日消除」，自律神經恢復和諧，睡覺品質自然好。

早上五點起床，跟著博士上陽明山抬頭挺胸大腿用力走直線散步、赤腳踏土地做防癌宇宙操、泡溫泉、休息、享用一天豐盛早餐，讓身心得到大自然能量充電，然後是一天工作的開始，這樣的生活習慣一年後體質有極大的改善，讓我學到從「大自然找智慧」，體會到不吃藥的自我健康管理之神奇魔力。

莊博士於民國一〇四年立春時節辭世，就如同她所推動的「含笑而歸」，但莊博士的離開讓晚輩心中非常不捨和無限思念，回想博士的一生捨棄當醫師賺大錢的機會，選擇一條錢少事多的自我健康管理「防癌養生」的推廣工作，真正做到中醫典籍〈內經〉所述「上工治未病」，這些養生理論看似平凡簡單，卻是博士一輩子行醫經驗的精華，實貴在身體力行，以我是醫師的角度來看，莊博士是預防醫學的先驅，已將中醫深奧知識轉換成簡單可行的養生方法，確實做到如〈內經〉：上古之人，其知道者，法於陰陽，和於術數，食飲有節，起居有常，不妄作勞，故能形與神俱，而盡終其天年，度百歲乃去。

莊博士在著作中提到女人的一生有三個健康關鍵期：月經初來時、懷孕生產時、停經更年期。現在婦女在家庭生活與職場工作兩邊忙碌，總感覺永遠睡不飽和忙不完的事，也因此健康常被忽略，晚輩受到莊博士的影響，行醫這條路我和我的太太王淑秋醫師選擇婦科，面對台灣少子化非常嚴重，全身投入搶救少子化行列，現代人晚婚加上生活環境影響，導致不孕症比率上升，這些不孕夫妻為了生一個孩子，歷經千辛萬苦，其過程非過來人所能體會和感受，每個案例背後都有一個非常溫馨感人的故事，當看到不孕夫妻經過我們治療克服萬難後終於懷孕，流下感動的眼淚時刻，我都會於內心跟在天上的莊博士說「謝謝您帶我進入中醫世界，在翻轉那些夫妻的不孕人生過程中，同時也在翻轉我自己的中醫人生。」

莊博士在不同著作中針對不同族群和人生階段宣導自我健康管理理論與方法，並提出飲食、起居及運動上的正確觀念，對於一般民眾來說是不可多得的寶庫，就連行醫十幾年的我也影響很大，我都會將這些理論觀念融入於醫療中，受惠給患者。

最後，感謝莊博士將一輩子行醫經驗及養生智慧無私地傳授給大家，讓更多人有方法可以依循。在此更要感謝我的醫學啟蒙老師莊淑旂博士的教導，希望除了我本身受惠，更可幫助更多患者。追求健康永不嫌晚，相信讀者讀完此書，根據此書身體力行自我健康管理，從日常生活做起，失衡身體自然會回歸到健康的生命原貌。

中國醫藥大學 中醫醫學博士
台南市立醫院 中醫部主任
台中榮民總醫院 中醫科特約醫師
張烱宏

民國一〇八年九月十三日己亥年中秋節

〈前言〉

淚水與汗水——莊淑旂娓娓道平生

中研院史語所研究員　劉淑芬

一九九六年四月八日，我們初次會見了莊博士。那一日早上，如約走進圓山飯店，陳再生醫生（莊博士么子）迎上前來，介紹了坐在大廳一角的莊博士，她的容貌秀麗，個子嬌小，約只有一百五十公分左右。心底暗自吃了一驚，她是出乎我們意料之外地嬌小。我們曾拜讀過她的著作，略知她的平生與志願，也看過她的照片，無形中在腦海中勾勒出她的模樣，有這樣大堅毅力的女子，想必是長得碩長高大。這樣嬌小秀氣的女子，如何有這樣的大堅毅力？如何走過她個人的悲情傷痛，反倒成就眾人的身心快樂、健康與幸福？

莊淑旂的成就，是從她連續喪父和喪夫的個人悲劇開展的，大概這樣不幸的事件也會發生在少數女子身上，她們都歷經過非他人可以體會的喪失親人的徹骨之痛，咬著牙根，茹苦含辛地撫育孤兒，侍奉親長。莊淑旂有異於他人的是，她不僅嚐盡各種辛酸，以撫孤、養親，更把她的悲痛轉化成一種大愛的悲願：她的父親、夫君都是因癌症而過世的，她不要這樣的苦痛再發生在別人身上；她目睹至親的人飽受癌魔的侵襲與折磨，她的無助和錐心的刺痛，促使她想要去對抗這種疾病，所以她立下宏願，要找出預防、對抗癌症的方法；同時也致力於研究減輕癌症末期病人痛苦之方法。

對於父親和先生的死，莊淑旂懷有一種很深的愧疚，在幾十年之後，她談及此事時，仍難掩心中之痛，潸然淚下。當年，由於父親喜好吃蹄膀，她總盡力煮給他吃，卻是造成他日後罹病的部份原因。儘管她的悔痛不見得是正確的，但這種愧疚成為她發展「大愛事業」中的促因，她覺得家庭主婦手中的廚刀可以掌控家人的健康和幸福，廚房形同藥局。因此，她致力於預防醫學的研究與宣導。

在她那個時代，莊博士習醫的過程和別人很不一樣。她是先耳濡目染，由父親傳授日常生活家庭醫學，十二、三歲習慣傳統中國漢代醫學，後來（三十六歲）再到日本學西醫，因此，她兼具兩者之學，同時，也能洞見兩者之間互有長短。她認為：中醫失之於籠統，西醫流於追逐細微末節，兩者可以說是過與不及。不過，她主要的關切是減輕病痛，對於中、西醫，她並沒有成見；不論是中醫或西醫，只要能減輕病人的痛苦的，她就採用。對於癌症的預防，她提出的保健之道是「今日疲勞，今日消除」，如果今日的疲勞不能當天就消除的話，也要在第二、三天內將它消除。如果不消除疲勞的話，即使睡覺休息也沒有用。消除疲勞的有效方法是透過運動來達成。莊博士首創的「防癌宇宙操」，便是消除缺乏運動而產生的疲勞的良方。

由於身為女子，莊博士也特別注意到女子的健康與保健。她認為女子一生中有三次改善體質的機緣：青春期、生產後和更年期。關於產後的調理，她提出的「坐月子的方法」，近年來大受歡迎，而這是一套兼採傳統醫學和民間的習俗，發展出來一系列以「食補」調理生產後婦女保健的方法。至於更年期的調理，她也有日文的專著。另外，她發明了「女寶」配方，作為女子健康調理的藥物。

這位閃亮著一頭溫柔銀髮的女醫師，她的一生中波濤迭起，幾度大起大落，極富傳奇的色彩。在外人眼中看來，甚至比戲劇情節更為曲折，不過，就她個人的體驗來說，可以說是淚水與汗水編織而成，動人的生命之歌，而貫穿整個歌曲不輟的是莊博士的宏願與堅毅。我們將透過莊博士的口述，來記錄她這首生命之歌的曲譜。

本書是中央研究院近代史研究所研究員許雪姬主持、撰寫的口述史成果，共同參與訪談、校訂的還有近代史研究所的張淑雅、賴惠敏小姐和我三人。從一九九六年年底，最後一次的訪談結束後，迄今方得以問世，其間曲折原委，難以盡述。另外，吳美慧小姐也協助本書文稿的初步編纂，謹誌謝意！值此付梓前夕，特此誌記。

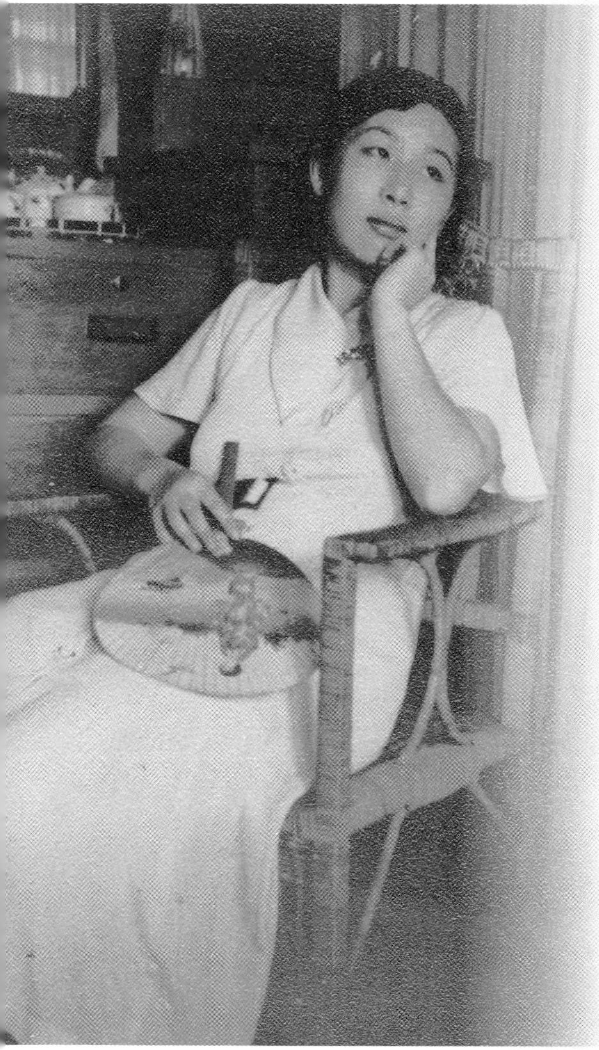

第一章——與藥材為伍的童年

我並不是美女，但當時女性很少出現在藥局；而且台灣民間的說法是：病重者如果吃了未出嫁少女包的藥，病很快會減輕。因此我一出現後，患者湧至，幾有應接不暇之勢。痊癒的病人會特地來送我紅包或禮物，而「千金小姐」當爐包藥的名聲也就不逕而走。

我祖父叫做莊振龍，廣東梅縣人，他和祖母莊邱氏桃妹結婚後，在中壢新屋開雜貨店。日本人佔領臺灣的時候，當地有一人名叫胡阿錦，原係無業游民，日本領台後，與日本人對抗。祖父怕受到波及，便全家人躲到山上，等事情平靜後回家一看，家當都被拿走，家裡就變窮了。一日，祖父在街上行走，一個日本軍人突然拿槍指著祖父罵：「清國奴！」祖父身體虛弱，禁不住驚嚇，遂心臟病發作而死。

祖母生有三子，我父親阿炎是長子。祖父過世後，父親和他兩個弟弟一起逃到鄉下避難，住在田間草寮仔；每天只用揀來的蕃薯藤、青菜煮湯度日；當時甚至連火柴也沒有，還得用石頭起火。初步安頓好母親和弟弟之後，父親從新屋走到台北找工作。有一天他肚子餓，找到一個賣油條的小販，就學著賣油條，大約是每賣出十三條，可以有三條的利潤。他邊賣油條邊找工作，當時他才十歲出頭。

父親先是到處幫人打雜，到中藥店當囝仔工（童工），藥店的夥計有一、二十人，父親負責幫人家盛飯，然後以桌上剩下的醬油、土豆佐飯，也曾到煙館替人通鴉片煙管，倒痰盂、尿壺，十五歲才到陳海濱家（永樂町五丁目二七九番地）當學徒。陳家是開藥舖的，父親生性勤奮、肯學習，所以掌櫃先生教他漢文和記賬。同時，父親也學到許多藥理，到二十多歲時，就會幫人看病，漸漸有了名氣。父親也很有生意頭腦，有一段時間，陳海濱欠了許多債，藥店生意又不好，父親向他建議：開藥舖天天等著生意上門，收入畢竟有限；不如擔些藥材（如人蔘、當歸或肉桂等）到鄉下（現在的圓山、大直一帶）去賣，還可順便接受鄉下人的訂貨，一舉兩得。如是，在一年之內便幫陳先生償清了不少債務。

後來陳先生去世，遺下妻子和二子；當時其子陳炳煌、陳炳灶都還年幼，陳妻「海濱婆」拜託父親留下來幫忙。父親先是接弟弟來住，後來追求母親，一家人才在外面租房子。

我母親名叫「烏肉」，家裡做肉粽、鹼粽、油飯、米糕的生意。外祖母在生下她之後，不久得了鼠疫去世。當時若有人得傳染病死亡，日本人就以草繩圍圈喪家，禁止通行，並且加以消毒；因此，外祖母去世後，便倉促地用草蓆裹著下葬。祖父無力養育嬰兒，於是用裙子包著母親，把她放在路邊，希望善心人士可以收養她。就這樣過了兩天，才被一對劉姓賣麵夫婦——也就是母親的養父母撿到。這位養母因自己的兒子生下七天便夭折了，奶漲得難受，便挨家挨戶問是否有小孩要給人養。一位老伯告訴她，前面的路邊有嬰兒在哭，母親的養母依言在路邊撿到母親，便乳養了她。由於母親在路旁經過一兩天的日曬才被收養，皮膚曬得很黑，因此取名為「劉烏肉」。

劉姓養母家是做大麵（油麵）的，除了賣麵之外，在店前也擺了一些金鉤蝦（蝦米）、木耳等乾貨出售。母親經常在店裡幫忙賣大麵，有時候也到茶行做挑撿茶枝的工作。她是裹小腳的，穿著白衣黑裙，腰細臀大，走起路來搖曳生姿，父親在她路過大稻埕去茶行的途中見到了她，驚為天人，認為連「江山樓」、「蓬萊閣」等藝旦間第一流的藝妓，也不及她動人，便暗中尾隨著她到家，苦追不捨。

父親不但自己向劉家求婚，也拜託當地的「保正」去提親；不過，養母總是不答應。這是因為父親已年近四十歲，還沒結婚，而且染上賭博、抽鴉片、嗜酒、上藝旦間的惡習，雖然只是淺嚐即止，但大家都稱他為「迌迌囝仔」（浪蕩仔），名聲不好。儘管父親一再表示婚後一定會戒掉這些壞習慣，但養母還是認為如果母親嫁給這樣的人，將來一定會變成「乞食婆」，堅決不答應。雖然如此，父親和母親仍然私下交往。後來，母親懷了身孕，父親見母親有孕在身，病子（害喜）吃不下飯，還得用力甩麵、做大麵，心中十分憐惜，就把母親帶了出來。

母親離家之前，她養母早料到母親終有一天會離家出走，就預先要母親把身上所有的金飾——手鐲、耳環、金鍊子拿下來，因此母親是空手離家的。

父親家離母親娘家很近，只隔幾間房子，卻不能回娘家，母親心裡很難過。當時這種情況持續了數月之久。

父親對母親可以說是百般呵護。母親離家時已經懷了我，病子想吃鳳梨，但是季節不對，買不到鳳梨，父親就託人到屏東去買。母親得了鳳梨，很快地就把一整個吃光，父親看了，有說不出的歡喜。

我出生於一九二〇年十一月二十六日，出生的時候，父親的朋友——曾定理相命師、辜顯榮、李仔春（春生），都在我家裡等待母親生產，並幫忙取名字。父親早已為嬰兒取了名字——如果是個男孩，就取名「旂」（按：旂是指繡龍並掛有鈴的旗，後與「旗」混用）；「旂」和「旗」同字，但「旂」字除了旗開得勝、凱旋歸來的含意之外，還有勝利、和平的意思；如果生了女孩，就叫「淑」。父親原先看母親肚子尖尖的，以為會生個男孩，待我出生，卻是個女兒。父親非常失望，在屋裡走來走去，一會兒仰天長嘆，一會兒低頭無語，友人勸他就將男、女孩的名字並用，名為「淑旂」。我父母親年齡相差十多歲，我出生時，母親二十二歲，父親三十八歲。

母親生產之後，因為思念她的養母，且首飾都在娘家，情緒不佳，而沒有足夠的奶水，就配「米奶」（加糖或蜜）、麵茶或糕餅餵我。小時候，由於我長得很矮小，人家叫我「矮仔旂」；又因我走路喜歡用跳的，父母暱稱我為「雀鳥仔」（麻雀）。小時候我白天睡覺，晚上常起來哭，往往吵到鄰居。三叔便哄我，敲打抽屜的把環發出響聲，我聽了就不哭了。

我出生之後第二年（一九二一年）母親和娘家也開始往來了。母親的養母「大麵阿嬤」很疼我，常私下抱我去她家玩；她看我長得可愛，對於母親當年離家私逃之事，也就逐漸釋然。每當母親要打我時，我就躲到她背後，久而久之，兩家便恢復往來了。我五、六歲時，大麵阿嬤搬到三重埔，要賣房子，我將此事告訴父親，父親就以較高的價錢買下來。父親還告訴母親，這是為了報答他們對母親的養育之恩，大麵阿嬤知道後，心裡更是十分感動。父親買下的房子就是「廣和堂」（在今迪化街），在此開設「廣和堂藥舖」。

我母親的生父後來續了絃，因此我又多了一個祖母：「米糕阿嬤」；她喜歡喝酒，父親也常和她一起飲酒。加上內祖母和大麵阿嬤，我總共有三個阿嬤來疼惜。父親很孝順外祖父，有趣的是，他對外祖父從來不曾有正式的稱呼，只是親暱地叫他「臭耳仔」或「米糕公」。外祖父家住大龍峒，後來我在曹秋圃先生位於大橋頭的學堂讀書時，課室在二樓，外祖父到永樂市場門口賣完粽子，就會買些肉丸或餅來給我，有時也會給我幾毛錢。他經過課室時，叫一聲「矮仔旂」，我就會很開心地跑下來。

當時，辜顯榮、李仔春等人是我們的鄰居，常來我家的藥店裡看報、喝茶、聊天。辜顯榮喜歡抱我，搖了幾下，又放我下來；也曾帶我去他家。據說，我滿周歲時，他送了金製的帽仔花、金手燭，還有粉紅色外衣。

我小時候在家，常看夥計們洗藥、切藥、炒藥、烘藥、煎藥；日子久了，也懂得一些藥名。五歲半時，父親帶我去參加元宵節的燈謎大會，並讓我騎坐在他的肩上看。有一道謎題是：「甕中藏鱉」，打一藥名。我用手敲一下父親的腦袋，說「灸耆」，得了一個金牌。後來又有一道謎題是「乞丐在路邊參詳（商議）」，打一藥名。我雖然知道謎底是「蘆薈」，但看到一旁有白鬍鬚的老阿公都沒猜，就不好意思再猜了。這也是我的性格，我不喜歡和人競爭，只想去做人家不會或是不能做的事。

我的父親頗具民族意識，因此反對我受「臭狗仔」（日本人）的教育，而希望我學習漢文。我六歲的時候，他就送我到曹秋圃先生開設的「澹廬書房」正式拜師入學。父親不知是如何認識曹先生的，在此之前，他也常帶我到曹先生家。剛開始時，曹先生教我唸《三字經》，習寫「上大人，孔乙己」描紅。後來教我寫書法，先學拿筆，四指併攏。其後，又讀《三字經》、《四書》、《幼學瓊林》、《商業尺牘》、《詩經》、《易經》、《隨園詩選》、

《隨園女子詩選》。書房中約有三十幾個孩子一起上學，女孩只有我一個。書房中有孔子供桌，上有孔子瓷像，每天都是我指拭的，也是由我燒香、敬茶。

我上午到澹廬書房讀書，下午回家就幫忙家務。由於母親因跌倒導致流產，事後沒有妥善調理，經常頭昏，無法下床，只要一起身就會吐，只能躺著被餵食。母親氣惱父親讓她懷孕，所以都是由我餵她。我六歲開始學煮飯、做家事，每天放學後，便守著小烘爐（火爐），燉蹄膀、魚翅、滷肉等。八歲時，就要洗衣、煮飯，也學習切藥、炒藥。有時候一面洗衣，一面背誦藥方，偶爾也買書回來看。

父親有時候也帶我出去玩，去藝旦間喝酒。大約下午六點左右，他就要我先坐上停在家門口的人力車，他一看完病人就跳上車來。到了藝旦間，父親要吃豬肚尖，由固定的總舖（廚師）來做；做法是先將鍋子燒熱，豬肚放下去快炒，炒得脆脆的，吃起來脆如新筍。要吃魚翅時，則由另一個總舖來做。一個人吃東西，要由三個總舖伺候。其實，父親自有分寸，他認為喝酒作樂不過是一時發洩，玩歸玩，他還是很打拚顧家的，並說：「飯和菜要分得開。」他也要女兒知道男人在外面玩什麼把戲，將來丈夫去玩，才不會生氣——像我母親看到父親去藝旦間就生氣，罵他「老不修」。

我九歲的時候，有一位父親的朋友郭昌（我叫他昌伯）來到店裡，看見父親一面吃飯，一面接聽兩支電話，就說：「仙仔（父親名莊炎，人稱「仙仔」），你只生一個女兒，何必那麼認真！」父親想到昌伯家生了十個兒子，自己因妻子第二胎懷孕至七、八月時跌倒流產，後來遂不能生育，而只有我一個女兒，十分傷感。父親一向很喜歡吃我煮的菜，通常在飯前也溫一點酒喝，但是那一天父親既沒有喝酒，飯也吃得不多。一連兩三天，都是這樣。我問父親為什麼不吃不喝？父親生氣地說：「生妳這個查某囝仔鬼，大漢是外頭家神，有什麼路用？」說完之後，顯得十分傷心難過的樣子。我年紀小，也不懂「外頭家神」是什麼意思，只想安慰他，就說：「我不要嫁人，要好好侍奉父母。」父親聽我這樣說，便被逗笑了。此後，我為了不讓父親失望，便偷偷買書來讀（眼科、婦科都有），有先生媽來，就煮好吃的點心招待，向他們學習。因此，除了父親的醫術之外，我學得各種秘方及自然療法。

因為母親流產後不能再生育，父親遂收養了兩個親戚的兒子為養子。大弟添慶是叔叔的兒子，二弟益善是姑姑的兒子。

我十二歲那一年的五月，父親的助手劉全興叔端午節時放假在家，不知為了什麼緣故和養母賭氣，忽然間吐血而死。當時要在特定時節（大約是尾牙前後）才能找到夥計。尾牙時，由店主請夥計吃飯，如果將雞頭對準某個夥計，就表示要將他辭退。因此父親的助手突然去世，一時之間找不到人幫忙。我和二位弟弟偷偷在夜間幫父親將明天要用的藥材裝好、整理好，父親沒有想到這些我都會，又因為家裡實在需要人手，所以我就沒有再到曹老師那兒讀書，從此結束了我的書房教育。之後，我在父親的藥店中幫忙，父親有些漢醫同行來抓藥時，也會教我一些知識，這樣的訓練，加上自修，就代替了正規的教育。

我並不是美女，但當時女性很少出現在藥局；而且台灣民間的說法是：病重者如果吃了未出嫁少女包的藥，病很快會減輕。因此我一出現後，患者湧至，幾有應接不暇之勢。痊癒的病人會特地來送我紅包或禮物，而「千金小姐」當爐包藥的名聲也就不逕而走。

父親教我學醫認藥十分嚴格，舉例來說，當歸就分成「歸身」（長在地上的部分）、「歸尾」，整支就叫「歸全」；甘草去不去皮，麻黃去不去節，拔了蕊的麥門冬，作用各有不同，必須一一認清，任何藥草都要視用途而分別處理。至於有的要浸酒，有的要鹽醃、加蜜、燒火，分量的多寡、浸泡的時間、火候都必須慎重處理，疏忽不得。以何首烏來說，不是買來一下子就可以用，而是將它放在青仁黑豆中煎，並將附在何首烏上的青皮抽去、浸泡、陰乾，然後蒸九回、晒九回，直到黑豆和何首烏之成分渾然一體，才能發揮藥效。又如熟地（成熟的地黃）也要蒸、晒九回，川芎要泡酒密封七天，白芍則要八天後才能用。

這些都還只是初步的調教，如何用藥才是大學問。俗話說：「大黃救人無功，人蔘殺人無罪。」這句話是說便宜的大黃救人無數，但其功勞未被認定，高價的人蔘可能害死人，但人們往往認為它無罪。大黃對解除便秘、降低血壓，特別是在病重時所發揮的效果，並沒有被人們重視；而如果便秘、血壓高同時投以人蔘，反而會帶來反效果；但一般人的觀念是，若服食人蔘還壽終的話，就是藥石罔效，命該如此。

中藥不僅是依個人的體質、症狀處方，更要針對季節、環境、生活等方面多做考慮；同樣一種藥，可能會導致生死截然不同的效果。菜市場賣的藥草並不能稱為中藥，必須由中醫依病予以處方才能稱之為「中藥」；中藥也並不如坊間傳說的，沒有副作用。人體自身有治療疾病的能力，只看你如何將這個能力發揮出來；用藥是幫助自癒能力的發揮，這個道理才是中醫的真髓。

此後，我一面在店中幫忙，一面研讀中醫的書籍。首先要背《湯頭歌訣》、《本草備要》、《草木春秋》、《雷公炮炙》、《醫宗金鑑》、《本草綱目》、《傷寒論》。其中張仲景的《傷寒論》是紀起鳳老師教我的，這是一部教導和自然相處、平衡觀念的書。可惜他只教了六年，還沒唸完；不過，我已獲其要訣了。以後父親親自教我臨床，讓我能依症狀開出合適的藥方。

第二章

醫學的興趣與啟蒙

午飯過後，會有一些先生媽、赤腳仙、拳頭師拿著秘方來抓藥；有的要做藥丸，有的要揜藥粉。我常請他們吃點心、喝茶，趁便聽他們聊天。他們常會提及一些秘方和經驗，我便自然而然地記下來了，有空時再請教父親。

除了中藥店之外，父親也經營其他的事業。父親開設「廣和堂」中藥舖，看病只收藥錢，一般是大人的藥兩角，小孩一角。日本時代，台北僅一位葉錬金先生有中醫的牌照，其他的中醫只有藥種商的執照。藥種商只可賣藥，不能給人看病、開藥方，如果被發現開藥方，就會被處罰。因此，開中藥店的人必須隨時留意有沒有警察來，一看到警察，就馬上把藥方收在抽屜裡。父親藥店的生意很好，這是由於中醫是注重預防的醫學，講究節氣進補的緣故。又以前的人吃得不像現在這麼好，因此一逮到機會便很重視進補。如果殺了一隻雞，各個部位都用不同的藥材燉煮進補；取出雞膽，和蜜生吞，可以明眼；雞腳則燉桂枝、牛膝，可以補膝；雞頭做川芎、白芷、何首烏，可以治頭昏；雞肝和酒，燉珠蔘、柑杞、金菊花、天麻、蔓荊子，可以補眼。

當時人尤其注重四時進補，如：

立春：主要是補小孩轉大人身，用九層塔燉公雞或四物燉腰內肉。

立夏：重涼補，或煉仙草、或地骨露、或菊花露、或菜瓜露、或作「陸一散」（六份滑石，一份甘草），也可以蜂蜜消暑。

立秋：主要去除夏日的疲勞、過敏、神經痛、骨頭酸痛。田雞去皮和五尖、只留肉燉東洋蔘、薏米（薏仁），不加酒，或喝綠豆湯。

立冬：當歸六兩、蜜耆一兩，燉雞、狸、鱸鰻、羊肉、火雞，或煉製鹿角膠。

以上四節氣中，以立冬時生意最好。立冬前後，每天所賣的數量大約是平時三十倍，甚至還更多。

父親也經營藥材進出口的生意，以現在的術語來說，就是貿易商。他進口大陸的藥材，如黃耆、生地黃等；也將台灣土產的藥材如黃柏、桑白皮等外銷。

父親經營藥舖，賺了錢之後，便買下永樂町的土礱間、米間和麵乾店。另外，由陳必發地理師介紹在內雙溪買了九甲地，包括曾定理相命師等許多人，都來幫忙看風水。這塊土地四周有虎豹獅象，對面有象山、象鼻，另一邊是虎豹，一邊是獅，而獅後面有竹林，叫「獅弄球」，坐東望西，地理很好，後來就將原來在中壢的阿公祖墳遷到此地。又依地理師的指示，蓋了一座坐北向南兩護的四合院，佔地一百坪，由曹秋圃題字。父親為這棟祖厝費盡心思，戶碇的石頭買自外地，雇了二十幾個長工才扛上山。當時內雙溪到故宮，除了田埂之外別無道路，所以建材都必須挑上山，如一塊磚只要一毛錢，挑磚費則須花幾毛錢。那個時候迪化街三落厝（三進）店面一間才值一千元到一千二百元，我家祖厝就花了六萬多元。

祖厝落成後，請阿仙仔叔公坐大位。叔公是祖父的弟弟，是種田人，在祖父經營雜貨店的時期，他時常來店裡拿東西，祖母從來不吝惜。祖父死後，父親曾去找過這位叔公借一斗米卻被拒絕。因此，父親請叔公坐大位，祖母還很不諒解。父親告訴祖母，正是由於昔日叔公不肯幫助他，才更加激發他的鬥志，所以應該感謝他才對。父親此種觀念對我造成很大影響。

我六歲就開始幫忙家務，十歲以後的日子，肩上的責任越來越重。那時父親已在內雙溪養蜂，一遇颱風來襲時，我身穿早已準備好的布袋衫，帶著兩個弟弟，騎腳踏車去內雙溪，將蜜蜂櫥用繩索綁緊，再用石頭壓住。當時所養的蜜蜂大約有一百多箱，我們姊弟三人要花三個多小時才能做好；不管風雨多大，一定要做完才能回家。颱風有時來得很快，去的時候還可以過橋，回來時橋已被水淹不能通行，只好翻過阿秋伯的山，經過士林回家。當時颱風來的消息，通常是漁夫到永樂市場來賣魚時告知的；一般捕魚的人對天氣的觀察都比較敏銳。

父親之所以養蜂，是因為中藥常會用到蜂蜜，為了讓藥草達到更好的效果才這麼做。蜂蜜中的冬蜜，是蜜蜂吃菜頭（蘿蔔）花、橘子花所釀的蜜，呈白色；冬蜜有消炎的作用，如合「陸一散」（治腸炎、腦炎）中的蜂蜜，就必須用冬蜜；又，用青草攪汁，加冬蜜，可治肺炎，兼以利尿。另外有一種龍眼花蜜，是蜜蜂吃龍眼花所釀的蜜，呈咖啡色，性溫和；有些歲數大的人身體無力，要增進體力，可以六錢當歸加一兩蜜耆，這時所用的就是龍眼花蜜。龍眼花蜜有熱身作用，即使坐月子的人也可以吃。我們喝蜜是為吃補或吃涼的，要分得清楚。父親教導我這些知識，比老師還認真；有時覺得自十歲以後，父親對我不只是父親的身分，更像是一位嚴格的老師。他什麼都教，而且要求我們一次也不能失誤，例如，有一回弟弟清洗龍眼花蜜的桶沒洗乾淨，（通常蜜桶的蜜用完之後，必須清洗乾淨，以便下次使用。）還聞得到龍眼花蜜的味道，父親就嚴加譴責。

父親說蜜蜂釀蜜是「晴天預存雨天糧」，人也要學習蜜蜂，努力工作，好天要積歹日糧，不要等沒錢時再來打拼。我未滿十歲時，父親就開始經營養蜂場，使我有機會觀察蜜蜂的生活，十分有趣。養蜂的櫥子通常都是我們自己用木板加鐵絲隔成格子製成的。一櫥蜂中有三種蜂，一是蜂王、一是工蜂、一是雄蜂，各司其職。櫥內的食物豐富、蜂隻多時，就必須分櫥。新的蜂王是舊蜂王產卵孵化而成，當蜂王產卵後經過三天孵化成蟲，這時工蜂出外採花粉及蜜回來供養小蜂王，養五天就密封起來，七天後開始分泌蜂王漿，在過半個月孵出來成為女王蜂。蜂王出世三天，在中午一、兩點時飛出來轉轉，到第六天和雄蜂在空中交配，交配後雄蜂的尾針刺入女王蜂身上，雄蜂也因此而死亡（換句話說，雄蜂一生只有一次交配的機會）。蜂王交尾後，把雄蜂的尾針吞進肚內，第五天後產卵，只要花期長，食物充足，蜂王一次可以產三千多個卵。蜜蜂的交配和雞鴨的交配不同，如母雞必須在交配過後所下的蛋才能孵小雞。蜂王一次交配，就可以孵出三千隻蜜蜂，並可連續產卵六年。

每種蜂的蜂房位置都不同，蜂王的蜂房位在蜂巢下，如倒吊著的母豬奶頭；雄蜂的網孔較大，在蜂巢的旁邊；蜂巢中間是工蜂住的。如果要人工培養蜂王，必須將一尾尾蜂蝦（幼蟲的意思），用一個耳挖子放入預先做好的「蜜盒子」中，為了選出來的蜂王品種好，中午時刻移蟲最適當。養蜂的時候，除了看相關書籍，還要有實際的經驗；以前養幾百箱，都是用人工的方法製造新的女王蜂窩。台灣花期到六月，過了這個季節女王蜂不再產卵，可以說是伸縮自如。雄蜂主要的任務是傳播後代，當花期過後，工蜂拘束雄蜂不給牠吃蜜，雄蜂因而愈來愈沒力氣，就死在外面。一個蜂窩像國家一樣，有擔任守衛的工蜂，對於外來的侵犯者會拼命抵抗。一箱蜜蜂通常有幾萬隻，每隻工蜂都努力工作，連出生不久的小蜜蜂也被編派工作，當工蜂採蜜回來，將腳上的蜜和花粉抖到蜂房後，小蜜蜂就將這些花粉擣實，讓「倉庫」儲藏更多蜂蜜。

從迪化街的廣和堂到內雙溪走路要三個小時，後來林西南教我學騎腳踏車；每早天還沒亮，我就起來學騎車，我個子小，沒有辦法跨過腳踏車的橫桿，必須將桿改低，才比較好騎。學會了以後，我就騎車去；去的時候，在車的把手及後座，放了四個空油桶。回程時，車前放兩桶盛裝二十斤蜂蜜的蜂桶，後面也放兩桶，一趟路載了八十斤的蜂蜜。

父親為了製藥需要才自己養蜂製蜜，這種研究精神和別人為賺錢而養蜂，是不一樣的。也因為如此，一般藥店的蜂蜜可能沒有像我們這樣特別仔細地處理，別人大都沒有分得很精。我們家釀的蜂蜜比較純，銷路很好，自己藥店用還稍嫌不夠。許多婦女在小孩發燒時，來買蜂蜜和著青草汁餵小孩吃，等小孩病好了，還特地帶豬腳麵線或餅來道謝。

我對醫學第一次產生興趣，是十三、四歲時治好侄兒的病。父親的二弟喜歡抽鴉片，我叫他「鴉片叔仔」，他到了三十幾歲時，祖母和父親才到鄉下地方找了一個女孩和他結婚。

這個阿嬸真好手腳，每年都懷孕，一連生的四個小孩都是男的，不過有的只活了幾天，有的幾個月就病死了。生到第五個小孩，也是個男孩，名叫阿老；他快周歲時，生病發燒，轉成肺炎，永樂市場的郭小兒科醫生宣布無救，說：「不必再帶來看了，只要來拿死亡屆（死亡證明書）就好了。」我很喜歡這個孩子，心想他耳朵很大，應該會很長壽才對；又看到阿嬸把他放在一塊木板上等死，也沒有給他水喝，心裡非常難過。當時他手腳冰冷，肚子脹大，呼吸微弱，還不斷地抽搐著。我想到以前有先生媽來店裡撿藥的藥方中，對手腳冰冷，卻又發高燒，既膨風（脹氣），又拉肚子，身體虛弱，所用的藥方是：取「灶心土」（烏土）煮水（以土一水十的比例），待水清澄後，取水加肉桂、茯苓、黑薑（薑烤黑）、雞內金（雞肫內膜）、胡椒粒、黨蔘煎煮，以湯匙逐次滴入口中。由於那時我年紀還輕，煮好了這味藥之後，見阿老牙根咬緊，即不敢灌食。店裡有個夥計叫李明達，他有幾個小孩，我便請他幫忙，撬開阿老的牙床，滴幾滴藥到嘴裡，約十數次後，聽見「咕嚕」一聲，阿老吐出很多痰，並且放屁，漸有脈動，慢慢氣也順了，聽到吞嚥的聲音後，又吐更多痰和放屁，慢慢地氣更順，算是救活過來了。後來繼續灌藥，尿也清，大便也漸硬，病情就逐漸好轉。以前我不知道這個藥方的原理，現在可以理解：因為藥中的炭素可以刺激腸胃蠕動，讓腸壁能夠吸收，所以阿老的大小便可以分得清楚，不再腹瀉；接著將米炒黑，加水燉煮餵食，之後再給稀飯，要慢慢增加餵食量才好。不過，炭素不可多吃，否則會得咽喉炎。

阿老痊癒以後，是個很頑皮的小孩，我還記得他小時候的一些趣事。有一次，他光著屁股坐在戶碇（門檻），家裡養的鴨子便去咬他的小雞雞（大概鴨子以為那是蚯蚓），他急得四處跑。現在阿老已經六十多歲了，今年清明時，我去掃墓，他對我說命是我救的，向我道謝，還煮了好吃的東西請我。在阿老之後，阿嬸又生一個小弟弟。我們莊家的子孫少，母親怕小孩不易養活，便會做厭勝儀式；小孩出生以後，先把他放在竹籠子（草蓆做的）裡，或者將他穿耳洞。

救活了阿老，使我對自己更有信心。有一回，賣金紙店的小孩發燒、手腳冰冷，症狀和阿老一樣，我以米酒加老薑（十比一）燉煮，用毛巾浸濕水，擰乾，趁熱將小孩的手腳包起來，再按摩手腳——按摩每個骨節、虎口，並且拉筋。兩、三個小時之後，小孩就漸漸醒過來。從我十歲到十五、六歲間，一共用這個方法救活三個小孩。

現在的醫學一看到小孩發燒，就使用抗生素治療，有些小孩燒不退，便要抽骨髓液來檢驗。後來我在日本期間，有個二歲多的小孩發燒不退，要抽骨髓液，父母親看到小孩抽筋哭個不停，那個媽媽驚嚇過度，就打電話給我們在日本的「國際家庭防癌協會」，一直說「たすけてください」（救救我），連說十幾次，急得話都說不清楚。我便請她冷靜下來，慢慢地說，她才說明小孩的狀況，問我有什麼辦法？我便教她上述的方子。這方法救了許多小孩，甚至有的小孩到了連眼睛都張不開的地步，也都救活了。這個方子的原理是：小孩身體無法調節體溫，熱度都衝到腦部，所以手腳冰冷，浸薑酒，可以平衡體溫。老薑加酒浸腳，對癌症末期難以入眠的人也有功效；因為只要腳泡熱了，就會愛睏。另外，它對治療脹氣也有效，以腳浸薑酒後，坐在椅子上，便會放屁，氣就通了。不過，有的人浸泡後會刺激神經，背或如針刺，或是像螞蟻咬一樣，要先和病人說明，讓他有心理準備。

以上的藥方，都是人家教的，我暗記下來，在臨床試驗之後，同時也會擔心是否有效，而每一次的成功，就更增加我研究的興趣。

當時家裡開中藥舖，所以常有臨床的機會。我家藥舖在永樂町五丁目二十九番地，店口（面）才六、七坪大，有用石頭做的戶碇（門檻），外面還有亭仔腳。我每天早上起來，先開大門，把兩扇門板拆下來，將頂門板的棍子綁在柱子上，再把店窗的木板一片片拆下來綁好（晚上關店門時，還要一一復原）。然後，用水沖洗亭仔腳，總要在路人還沒經過前完成。接下來的工作是磨刀和擦桌椅，有一把大鍘刀是切藥草的，放在抓藥處，另外有五、六支小刀，是切當歸、人蔘用的，統統要磨。在做這些事的同時，我一面煮飯給家人和夥計吃，用火爐起火煮飯、燜飯，另外幾個小烘爐，都是用慢火來煮各種佐膳，所以能一面工作，一面煮食。上學前，我預先煮了中午的飯，中午回來時，趕忙炒些菜、做個湯；夏天煮的是冬瓜湯、菜瓜湯，再切個肉，就可以吃午飯了。

午飯前，父親喜歡坐在竹躺椅上小睡一回。那是一張可摺疊的躺椅，就放在藥櫥邊，後面是書櫥。父親躺下來後，看到小孩走過，就伸出腳來，放在小孩肩膀上，要小孩替他抬抬腳；然後，睡一覺才吃飯。午飯是四菜一湯，通常父親會先喝一碗頭的酒。下午放學回家，我便煮點心給店裡的人吃。午飯過後，會有一些先生媽、赤腳仙、拳頭師拿著秘方來抓藥；有的要做藥丸，有的要揨藥粉。我常請他們吃點心、喝茶，趁便聽他們聊天。他們常會提及一些秘方和經驗，我便自然而然地記下來了，有空時再請教父親。當時有從社子坐船到大橋頭賣菜的人，他們挑著菜，先將藥方拿到我家，等賣完菜時，再來拿藥。因此，這個時候最忙，要趕著時間抓藥，以方便他們來取藥。我家隔壁的阿狗伯賣米糕粥、四果湯、土豆仁湯和油炸粿（油條），也有人到店裡把藥單放下，先去吃東西，等我抓藥，而我總趁著抓藥時看看各種秘方。

晚上，吃了飯、洗好碗之後，要準備明日所需的藥。這些藥要洗、要切，而光是藥就有幾百味，準備起來很費神。還要檢查店裡所有抽屜中每一袋子、罐子的藥，如果藥不夠，便得補足，或是去買，或是自己做。另外，得檢查、記錄存貨。

藥舖裡有個小圓桌，父親就在這裡為人把脈，也在這裡吃飯。圓桌後面是一張竹床，父親吃、睡都在這個角落，我們則睡在後頭的木板上。由於工作忙，我從未在書桌前看書，常利用排水鉛管上的鐵箍，把書夾在上面，洗衣服的時候順便看，熬地骨露時也看。家裡有一口大灶，是熬地骨露用的，一個月兩次，這是用來喝的蒸餾水。藥店的生意非常好，我十歲以後在家幫忙，沒法去上學，唸書都是偷空唸的。

父親的管教很嚴，尤其在藥草的炮製方面一點都不馬虎。川芎泡酒（一比一），要泡七天，其間每天要攪和使之均勻，再焗。川芎的心比較硬，用酒泡過就比較好切。白芍根要浸泡八天，即所謂的「七芎八芍」。製蜜耆時，一定要用龍眼花蜜，在鍋中滾煮的蜜，要煉到滴進水中不散的程度，才可放入耆，而且要注意不能有一點焦味，更別說燒焦了。炒蜜耆要用「百沸水」（水煮開後，再煮一百滾），水煮久了和空氣起作用，成份就不一樣；如容易打嗝的人，吃百沸水可止住。古井水、泉水、溪水，均可治不同症狀的病情。平常人不能喝「陰陽水」（冷水加熱水），上吐下瀉者才可以喝陰陽水。小孩喝牛奶用陰陽水，易得小兒顏面濕疹或造成神經錯亂。從小父親就要我好好學切天麻、珠蔘，切出來每片要薄且平均；其實，「看」藥也是一種治療，藥包括了看、聞和吃三方面。父親嚴格訓練我，掌握到每種藥材的製作都要準確，不能有一些差錯。有這些訓練做為基礎，因此我這輩子做事都很謹慎。

第三章

父親病故，姊弟力承父業

父親過世那一年，我才十九歲，至今才領悟到：人一生下來癌細胞可能就在身上，其實，癌細胞是可以和人共存的，但如果遇到生活不正常或太累，或脾氣不好、憂慮煩惱等外在因素，就會發生變化，急速惡化。

母親未結婚前即懷了我，我出生之後三個月，她又再度懷孕。在她懷孕七、八個月時，有天洗衣服踩到肥皂水而滑倒，頭部碰到鉛製水管，水管被碰破了，她自己則傷到腦部，導致流產，流產的嬰兒偏偏又是個男孩。因此，母親心情鬱悶，不斷哭泣；而流產是不能哭的，哭了會傷身又傷神，也傷到腦。阿嬤也不知如何照顧她，以致她得了頭昏的毛病，只能躺在床上，一動就頭暈，每餐都需要人餵食。她心情不好便罵人，將氣轉到我和父親身上：心想自己還未嫁人就懷孕，只好嫁給父親；若不懷孕，她可以不嫁父親，還罵父親「土公」（講話直）。我後來才慢慢能體會到母親當時的辛苦，她自我出生到結婚一直長期臥病，整天都只能待在一個小小的房間裡，躺在床上看天花板、數蚊子，心情自然好不起來。

母親年近四十時，病情漸漸好轉，能夠到土礱間幫忙量米、縫布袋口，更在我們鼓勵下到山上走動。我們在內雙溪養蜂，隨著花季不同，需要移動蜜蜂的箱子，當我們找好花後，母親說要去看看我們找得好不好，就跟著出門，因此增加了運動的機會，同時親近自然，觀賞小鳥，心情也就逐漸開朗。

父親買了米間（碾米店）後，都由媽媽負責照顧米店。米碾好之後，得裝入麻布袋，她一天到晚忙著用長針縫麻布袋口，相當辛苦。家中土壟間堆有待碾的穀子，要碾時依所須米「白」的程度，加入不等的石灰；碾完之後，分成糙米、白米，分別裝袋。有人要一合或一斗，就用木盒子盛，盛好再用棍子弄平。

米店的老鼠最多，老鼠吃米的技術非常厲害。通常檢查米時，是用一根小竹節削尖，插入米袋中，抽出來看米的成色。老鼠就沿著竹節插入的洞，掏米來吃。當時日本政府為了鼓勵人們捉老鼠，便分發桶子，裝滿一桶老鼠，可以換幾個錢。米店中的老鼠養得又肥又胖，我每在半夜起來捉老鼠，敲米桶把牠們嚇出來，在桶口放個布袋，就可輕易地抓到一堆老鼠，老鼠會相互咬到掉毛的程度。吃老鼠肉還可以治皮膚病。記得家裡的藥鋪常有日本巡查來查密醫，經常要請他們吃飯。有一回，父親請日本警察吃飯，就煮老鼠肉招待，日本人說好吃，一直追問是什麼東西。我們告訴他是老鼠肉，他知道後嚇得不敢再來了。

我小時候很好奇，對鬼尤其感興趣。賣米糕的阿狗伯有一間房子很久沒有人住，鴨蛋商寄放在那裡的鴨蛋常常無緣無故地不見了，所以有人說那是鬼屋。我聽說了，很想看鬼長得什麼樣子，於是半夜偷跑到那裡看鬼；突然聽到「碰碰」聲，像是人走路的聲響，仔細一看，原來是一大群的大老鼠帶小老鼠，只見老鼠用尾巴捲起鴨蛋，放在屁股上走路，還可以爬上爬下，回到自己的巢穴。我追蹤到老鼠的巢穴，看到裡面有許多蛋殼。這些老鼠每隻約有一斤重，腳上黏了蛋汁，所以走起路來吱喳有聲，人們便以為是鬼。查明原由以後，我就勸父親買下這間房子作為倉庫。

後來我又有一次「抓鬼」的經驗。媽媽到養蜂場去收蜂蜜，在阿秋伯田邊的崁腳跌倒，發燒中囈語，亂喊亂叫，神魂不安。有一位先生媽說媽媽是跌倒失了魂，要用衣服、米、七條黑線，一面叫著母親的名字，到山頂去收魂——據說那裡有一個長髮鬼。我不想照做，但不做會被媽媽罵，要弄又覺得怪怪的。後來依著先生媽的話去收魂後，回來把衣服放在胸口或枕頭邊，收了幾次，媽媽也沒能好轉。我心想這個鬼真壞死（很兇惡），倒要看看他長什麼樣子，就天天去看，結果去了一個月，也沒看到鬼。有一個晚上，恰好是月圓（滿月），照得山裡一片明亮，這才看清楚，當竹子被風吹得嘎吱嘎吱響，聲音聽起來很恐怖，加上月亮照映著竹林，竹影拉得長長的，東搖西晃，人們就以為是鬼聲鬼影。後來，媽媽的病經過兩三個月才痊癒。

媽媽脾氣不好，常罵人。她在門窗兩邊都綁了竹掃篩，是用來打人的，我常被打得很痛。她總是罵「你也未得漏屎症」、「你也未得症頭」等；錄音機剛問世的時候，我曾偷偷地把媽媽罵人的話錄下來，飯後放給她聽，她還罵道：「這個女人怎麼這麼沒修養！」我們就問她：「如果她這樣罵妳，妳會怎樣？」她說：「如果這樣罵我，我會將她打死。」後來告訴她所錄的正是她自己的話，以後她就不再罵人了。

小時候，過年有人送荷蘭呢料，是要給我的，可是媽媽卻把它送給她的「客查某子」（乾女兒）也就是阿妗的女兒。又有人送我一雙紅色的皮鞋，鞋頭上有打洞雕花的裝飾，非常漂亮；媽媽也將它送給乾女兒。至於穿著方面，過新年時媽媽給我們姊弟三人各買一雙布鞋，都特地買稍大尺寸，預計一雙鞋要穿三年。第一年穿新鞋時，鞋子太大，就在鞋頭前面塞布穿；第二年穿著尺寸便剛好；但第三年時鞋子就太小了，腳趾頭都跑出來，媽媽就叫我們「踏後底」（踩著鞋的後跟走路）。過年買新衣服也一樣要抵得三年穿，總是一件青百永（一種青色的布料），而且總是過長，第一年要先拗布（折短）才能穿，而且一過初二就收起來，第二年新年再穿，三年才退休。別人家小孩上學，都穿得很漂亮，我們家就不一樣。媽媽也從未稱讚過我們，有時候我甚至會問父親：「我是不是媽媽親生的？」其實，媽媽對我們這麼儉嗇，也是有緣故的，儘管父親生意做得大，但他並不善於管理財產，後來更因幫人保認（為人作保），而背負了一些債務。

我初潮來臨時，自己一無所知，對出血感到很害怕，不敢對媽媽說，於是告訴阿妗。阿妗向我道喜，說我已經長大成人了，拿了一些黑布給我使用，教我布墊濕了必須更換，清洗乾淨後再用，不要給人家看見。阿妗將此事轉告媽媽和祖母，祖母連忙煮油飯，準備敬果，稟告祖先孫女已經長大了。又以bâm-kháp-chhaú（含殼草）加九層塔頭碾碎，和尚未啼過、雞冠已紅的公雞一起燉，每回做好了，都是好大一碗公，一共吃了六、七次。祖母說：「吃了才會長高，要不還是『矮仔族』。」我吃了以後，也沒有長高，乾妹妹卻長得比我高。在第一次生理期間，我也吃「四物」燉腰內肉（里肌肉），此藥是乾淨以後才吃。我阿嬤在中壢做田，比較不像城裡的人會照顧，因此，雖然我家開中藥店，也沒有特別調理進補。

在此順帶一提，男孩子轉大人身時，也要進補。男孩子比較調皮，在成長過程中，常會有打架、跌倒的淤傷，中氣不順，所以就要服用拳頭師所搿的「打傷藥」。這藥是自然銅、無名異、川七、骨碎補、桔梗、甘草、白芍藥，皆用等量（約以每樣一兩為度）研磨搿粉，泡開水吃，可以開胸、利膈。吃多吃少，視情況而定。

父親在內雙溪買了山坡地，請二十幾個長工，開墾山林、起厝，養豬、種柑橘、養蜂，開銷很大，藥店、米店所賺的錢都用來支付每天工人的吃住，和臨時工的工錢。有些長工必須去下港（南部）請，一個長工的工資並不貴，另有工頭。他每天早上要將前一天所收的錢送到內雙溪，以便支付農場一日的開銷。

藥舖的收入很不錯，台北地區食用的香料，如做雞捲、米奶用的香料等，很多是我家製造的——我兩個弟弟用胡椒、肉桂、八角、甘草搿成的。光是這項收入就可應付家裡日常開支。又，夏天做地骨露所賺的錢，足以支付請人的費用；而幫先生、先生媽抓藥粉、藥丸的收入，便用來還債。

父親雖有生意頭腦、有本事賺錢，卻不會管錢。他曾在不經意的情況下為人做保，而背負了一大筆債務。我十三、四歲時，父親認識一個叫王尚武的人，他衣著光鮮，頭髮中分，經營一家甘仔店（雜貨店），說的話父親很愛聽。父親的朋友黑龍伯（名郭黑龍，店在永樂市場中北街）是做糖、油和麵粉的大賣（批發商）。王尚武想從小賣（零售商）改做大賣，要以手形（支票），向黑龍伯仔買貨。有一天天色將晚，王尚武拿手形要父親幫他作保。本來印章不在父親身上，父親還向母親取印章來蓋。其實，父親並未詳細看手形的內容，前後一共幫他保了二、三次。

後來，父親的朋友來通風報信，說王先生打算惡性倒閉，要爸爸小心一點，並勸爸爸將內雙溪的山過戶給鴉片叔（二叔）。果然，這筆土地過戶才幾個月，王先生就倒店了。山坡地由於已經過戶而得以保住，可是永樂町的藥店卻被法院查封拍賣，父親叫昌伯仔買下來，他再想辦法向黑龍伯借錢，由昌伯仔的手頭將藥店買回來。這筆債一時之間很難還清，於是和黑龍伯參詳（商量），黑龍伯人很好，也不要利息，讓我們分十年攤還。我們努力工作，還到第七年就還清了。事實上，黑龍伯減半了我們的債務，我們買了大閹雞和麵線去向他道謝。

內雙溪的地過戶給鴉片叔，原本是權宜之計，所以印章也沒有給鴉片叔，也因為如此，後來就出事了。我十九歲那年，父親過世不久時，我和先生坐輕便車去內雙溪，車上可坐四個人，坐在前面的兩個人問我們要到那裡去，我們說去山裡，他們就問「是不是『客人炎仔』的山？」我說「是」。他說他們才買了三天，今天是要來蓋印章、付錢的。我聽了大吃一驚，沒想到鴉片叔會將土地賣給人家，就和他們一起到了山上。我向鴉片叔說：「今天你賣地，知道的人說是你賣的，不知道的人以為是我們子孫不肖，父親才死沒多久就賣地。我可以買這塊地，但要等有錢時再買。」鴉片叔一聽，拿著煙吹頭（煙桿）敲父親的神主牌，罵說：「你不是要把地給我嗎？你的子孫不孝，還要來討。」買方看了這情形，也同情我們，就不買了。我只好籌錢再把地買回來，登記在我名下。這塊便是如今我打算開發成「自然健康村」的用地。

父親去世前後，經常忙著賺錢、還錢，後來沒辦法在內雙溪維持那麼多長工，開墾的工作也停了下來。日治時代後期，雙溪的山地曾經救了不少人，那時候美機天天空襲台北，凡是六十歲以上的老人、三歲以下的小孩或是生病的人都要疏散到郊外。生母的阿公、阿嬤、永樂町的厝邊（鄰居），都疏散到那裡。我們山上的房子很大，我先生後來也在這裡過世。

我十九歲那一年，上海淪陷（按：指一二八上海事件，日軍占領上海），日本人徵調台灣人出征，附近一帶不到二十歲的青年有不少人被調去當「志願軍」，父親由於會說客家話，以五十五歲高齡被徵調到大陸當通譯，三天後就要出發。父親很掛心祖母、兩個弟弟，也擔心我母親脾氣壞，怕我和她處不來；他很焦急地交代家事，要我堅強一點，事實上藥店的事我都能處理。父親平常喜歡喝酒、吃肥肉，開藥店經常很忙，有時早上他在上廁所時，有急症患者喊救命，他就顧不得上廁所，匆匆出來幫人家看病，久而久之，變成要通腸才能解便。按例，出征前，附近人家要揮舞旗子來歡送，家屬和樂隊一起遊街唱歌，頗為勞累。他到軍隊報到三天，腸子一直發炎，拉出腸液，身體檢查不合格，就被趕了回來。他回家時，是從後門進來的，並且要我不能聲張，怕給人家聽到沒面子。我用自己家的藥幫他治療，也送他到吉田胃腸科檢查，醫生說直腸癌已經蔓延很大片，開刀也沒有用了。

父親很喜歡內雙溪山上的祖厝，他在去世前由人背到此處靜養，只住了二十九天就過世了。父親一直夢想讓野蜂變成家蜂，因為越高地方的蜜越白，品質越好，於是叫我先生到很高的山上養野蜂，把箱子放在石頭縫裡，讓野蜂在此釀蜜，再定時抽換窗口。我先生很聽父親的話，他沒有繼承藥店，而是去經營山林。父親去世那一天，丈夫正好收到野蜜，很高興地拿蜜回家，父親原來已經病重，無法坐起來，這時候見蜜心喜，竟然坐起來要吃蜜。我們在蜜中加藥酒給父親喝，他一面稱讚丈夫很孝順，有志者事竟成，養野蜂很成功，就在喝著蜂蜜酒的當兒過世。我祖母說父親是很滿足地過世，要我們不要煩惱。

父親過世那一年，我才十九歲，至今方領悟到：人一生下來癌細胞可能就在身上，其實，癌細胞是可以和人共存的，但如果遇到生活不正常或太累，或脾氣不好、憂慮煩惱等外在因素，就會發生變化，急速惡化。爸爸經常忍住大便，腸子已經不好了，如果不被徵調當通譯、遊街中暑的話，癌細胞就不會惡化得那麼快。又，父親認為中國人不該打中國人，他是很不願被徵調，又煩惱家裡的事，癌細胞就發展得更快。父親生病期間，脾氣不好，一下子想吃米糕，一下子又不想吃；他過世時，年僅五十七歲。

父親去世後，厝邊阿西伯——也是父親的好友，教丈夫在樓下打水床

（以木板搭的臨時床），趁著遺體還未僵硬時，由丈夫以背對背的方式背下樓來，放在水床上，並在石頭上放金紙，做為枕頭。同時，煮「腳尾飯」，燒銀紙，讓父親好上路。我們也忙著找風水，準備出葬的事宜。當時我們將父親埋葬在觀音山，六、七年後撿骨，葬在內雙溪的山，地點離祖厝廣和堂的護龍厝很近，祖父的風水也在那裡。

父親生前很多事都不對我們說，他過世後，有一些查某人、乞食就來家裡哭說父親欠他們若干錢，尚未歸還就死了，真失德。幸好阿西伯和天從伯幫忙處理，他們兩人都是掌櫃先生，做事幹練，後來到底是如何擺平的，我並不清楚。有了這個教訓，我預備在自己的遺書中要將事情交代得很清楚。

父親過世時，他遺下的財產只有藥店廣和堂和內雙溪的山，而且負債很多。先前，父親喜歡做事業，但無經營管理的觀念，所以後來大部分都不成功，如他經營麵店就是一個例子。他喜歡看和好的麵粉做成麵乾，或用機器切成麵條的製造過程，不過他不會管理，有朋友來店，就送他一些，因此後來經營不善，而轉賣他人。土壟間米店也沒有成功，後來何時收店，我也不記得。另外，父親也「博米繳」（賭期米），用電話買賣，也因此負不少的債。有關父親身後的債務，反倒是阿西伯、天從伯在無意中和父親聊天的過程中，稍有了解，就由他們幫忙處理，和債權人商量打折還錢。這些債我們還了好幾年才清楚，父親留下來的內雙溪土地和廣和堂，後來我們都重新「買」了回來。

藥店隔壁劉先生的細姨（姨太太）一向是放高利貸的，父親向她借錢，拿店契做為抵押。父親去世後，為了辦理相續（繼承），必須拿回店契，我就拜託阿西伯去要回來。細腳仔（細姨）告訴阿西伯，父親的借款因利滾利，已經相當於當時六、七間店面的數目了，絕不減收一分錢。她說得很難聽：「腳踏在我肩頭上，還有什麼可說的。」幾經交涉，才把店契拿回來。後來光還這個店錢就還了好幾年。我母親不管錢財的事，常說「妳老爸放屎不會擦屁股」，我們也不敢把所有的事告訴她。三叔、三嬸也不了解父親的財務狀況，以為父親留下很多財產，一度埋怨他們一家人為父親做牛做馬，留下來的財產卻全部給我們姊弟。

依日治時代的規定，過世後四個月內不辦相續，財產就歸政府所有。當時大弟才十八歲，尚未成年，所以廣和堂一開始是由我繼承，等弟弟到達法定年齡才歸他繼承。現在大弟住在廣和堂，堂後再買的房子是二弟住的，內雙溪則歸我繼承。父親去世後，由我和兩個弟弟合力經營廣和堂，以其收入支付生活費，以及還債。因為父親的去世，其藥種商的牌照就失效了，後來以我的名義申請。由於這個因緣，光復後經保正、區長證明我曾有五年藥種商的經驗，才得以參加中醫師資格的檢定考試。

第四章——十八歲新娘

那時父親的態度很強硬，幾天之內就決定要我招贅先生入門。直到結婚那一天，我甚至連先生叫什麼名字都不知道，我先生和其他伴郎穿著同樣的禮服，我的好友過去一個一個問那位是我先生，才請他坐到我旁邊。

我十八歲那一年，由於風聞日本政府下令十六歲以上的未婚女孩要調往軍中當看護婦或慰安婦，因此父母就很緊張地請人到處幫我找結婚對象。我原本是不想結婚的，對父親籌辦婚事也就不怎麼在意。我在曹秋圃先生處讀書時，也認識幾個男同學，有一個很談得來，對方的父母也來過家裡求親，但他是獨子，聽說要招贅，就談不成了。父親便叫我母親外家的人幫忙找合適的人選。某一天早上，父親告訴我他已經找個人來和我訂婚，下午送訂，晚上結婚。事實上則是一訂完婚，三十分鐘後就結婚。一時之間，我完全沒有準備，陪嫁的東西也沒繡好，匆忙間只好找以前的女伴林逑三的女兒菱兒等五人送嫁。（她們後來也怕被日人徵調，不久都出嫁了。）

那時父親的態度很強硬，幾天之內就決定要我招贅先生入門。直到結婚那一天，我甚至連先生叫什麼名字都不知道，我先生和其他伴郎穿著同樣的禮服，我的好友過去一個一個問那一位是我先生，才請他坐到我旁邊。我先生陳右樂是阿妗家的親戚，在家中排行第三，父母雙亡，住三重埔，在日本人開的染布店工作，大我四歲。我們結婚時，曾在匆忙中拍了一張結婚照，婚後也在房裡照過一張相片。其實他以前曾經來店裡抓過藥，偷偷看過我，當時我也沒注意；事後想來，依稀是見過他一次。結婚當晚，兩人才互相介紹，婚後才慢慢培養感情。婚後，我先生在內雙溪家裡的農場養蜂。他有漢文的根底，也會日語，我從他那裡學到了五十音。他喜歡吹口哨，平常只要心情好，他就會吹「あなたと呼べば」（採茶情歌）或「丘を越えて」（困難已過去了）等曲，甚至以吹口哨做為我倆間的暗號，這樣當店中人聲鼎沸時，我就能分辨出他的意思。

我結婚後不久即告懷孕，俗稱「入門喜」；此後一年一個，一直到我先生去世時，頭尾九年，我月經只來過五、六次（懷孕和餵奶期間沒有月經）。我先生是招贅的，父母親原先只要男孩從莊家的姓，後來我頭一胎生了女孩（長女叫やっすこ安子，光復後改為靜芝，又叫安繡），父母親覺得女孩亦可，所以我前三個女兒和第四子，都姓莊（次女叫すみこ，改名靜芳，也就是壽美；三女叫しずこ，改名靜芬；第四個小孩即長子，叫國治）。我的么兒是遺腹子，懷孕至三個月時，先生病故，親戚們認為孩子的父親死了，留著孩子沒有用，要我打掉，但我堅決生下他，並且讓他承繼先生的陳姓。我先生未婚前上班的地方，一樓是染布工廠，二樓住著一位日本產婆，她傳授我先生不少照顧產婦的知識，譬如：懷孕五個月要綁肚子、害喜要吃什麼食物、如何為嬰兒綁臍帶、產後要如何綁肚子等。我坐月子時，先生很照顧我，他按照日本產婆學自台灣的風俗來照顧產婦，一個禮拜內沒有讓我沾到一滴生水。我母親反倒對這方面的知識比較欠缺，因為她只生養我一人，後來流產身體不好，所以不太懂得如何坐月子。

父親死後，先生看顧內雙溪的山，常受三叔和阿嬸的欺負；三叔先是在廣和堂幫忙，後來因為兒子的緣故才上山的。三叔的大兒子名字叫做成家，出生後很愛哭，到四個月大，還是哭個不停，三叔聽了生氣，就要打，於是小孩就哭得更厲害。凡是能讓小孩不哭的辦法都試過了，還是沒有用；有人說是中邪，師公、先生媽都請來做過法，也都不見效。那孩子一直哭，哭到腸子墜落來，父親認為這都不是辦法，便想為侄兒換個環境，於是買了一張有輪子的竹製椅轎（椅子前面有竹環可以讓幼兒把玩，座位下是空的，即使小孩溺尿也沒關係），讓侄兒坐在上面。當時家中用牛車運豆餅上山，便將椅轎放在牛車上，一併帶上山。其時，廣和堂祖厝還沒蓋好，山上僅有阿嬤和長工住的草寮。說也奇怪，侄兒一到那裡，看到竹葉隨風起舞，便「咯咯」地笑出聲來，此後就不再哭鬧，父親也非常高興。就因為這樣，三叔、阿嬸也跟著小孩上山。莊成家週歲時，要斷母奶而斷不掉，一直到三歲多時，我把他帶回家。以前沒有瓦斯爐，燒飯煮水都用火爐；我在臨睡前用炭灰將火爐的炭火蓋住，讓爐火不至於熄滅，要燒熱水泡牛奶時，就扒掉炭灰，立即可以燒水。我用牛奶和牛奶餅餵成家，一個月以後，斷奶成功了，我才把他送還阿嬸。後來他活到六十多歲才去世。

我結婚後，先生一早就上山工作，中午在山上吃飯，晚上才騎車回家。

我後來才知道當時三叔、阿嬸並沒有好好對待先生，中午吃飯都不給先生肉吃。奇怪的是，三叔很疼我，視我如同他的女兒一般，所以我對他很孝順。我小時候很愛哭，他就抱我去打藥櫃抽屜的環，「噹」地一聲，我就不哭了，等我睡熟了才放回床上。我母親脾氣不好，若不是三叔，我一定常被母親痛打。不過，三叔對自己兒子卻沒有耐性。三叔認為我丈夫是招贅來的，不是姓莊，始終對他不好。先生是個老實人，他不知怎麼樣做才是孝順，我告訴他父親不喜歡人家頂撞，他要做什麼事，不希望人家質疑、三心二意，甚至拒絕；他認為還沒有開始去做，就先說不，是不可原諒的。因此，父親吩咐丈夫做什麼，他就照辦，如要收野蜂的蜜就是其中一例，所以父親很疼他。

父親過世後，先生繼續在內雙溪工作。戰爭期間，他被調去「內雙溪防衛團」。團員之間為了工作如播種、做山等，都互相幫忙，大家也都很疼惜他。他也是養蜂場的理事長，當時養蜂人家一櫥蜂蜜會配給幾斤糖，例如有一百人，每人一百斤，一共一萬斤，就全數配給他，再由他逐一分給人家。他分配糖時，總是不讓人家吃虧，用麻仔布袋裝，不敢裝平，總是裝得尖尖的，分剩下的才是自己的份，往往不到半包。去內雙溪途中的茄苳樹下，有一個駝背的老阿婆，兒子死了，和一個八、九歲的孫子相依為命，小孫子去幫人家看牛（放牛），一年才只有一包米。每星期丈夫由台北到雙溪，總會送一些米給阿婆。丈夫去世後，阿婆前來悼祭，哭著說起此事，我們才知道有這回事。丈夫就是這樣一個拼命工作、處處謙讓、對人非常好的人。

每天先生都去內雙溪工作，早出晚歸。有一天晚上，他沒有回家，原來他在雙溪捉鱸鰻，先用竹片編成的魚籠放在水中等鱸鰻，然後自己戴水鏡下水，驅趕躲在石縫中的鱸鰻，一不小心就給水蛇咬到中指第二節手指。他被咬到之後，原來還想去解魚籠，但蛇毒已侵入腹內，沒法辦到，就回到山上去了。從雙溪回到山上，要走二十分鍾的崎仔（上坡的階梯路）；回到雙溪，手已腫漲，人也昏過去了。那個時候沒有電話，長工跑到台北我家來報信，我正在開店門、拆店窗，長工說：「阿樂仔被蛇咬到了。」我趕緊抓藥、煮藥，藥方是大疔癀、柳疔癀、金銀花、甘草，煮好了之後，騎腳踏車趕去。我到那裡時，丈夫的毒已侵入身體、畏寒，於是用番仔火（火柴）頭數十個，放在蛇咬的傷口上，點火，「叭」一聲燒盡，再將鴉片叔煙吹上的煙膏挖下一小塊（鴉片叔有能力抽鴉片，是因為阿嬤把我們給她的錢都給了鴉片叔），塗在傷口上。鴉片煙油很好用，可以止痛、消腫，原來傷口痛得不得了，馬上就不痛了。我做了這樣的處理後，就請長工將丈夫背下山，坐輕便車到士林，由士林坐火車回雙連，再換坐人力車回到家。回家後，我便一直熬前述那個方子的藥給丈夫喝，後來就好了。

後來養蜂箱要遷到外雙溪輕便橋附近的龍眼樹林，晚上必須有人去看顧；這是因為天氣熱時，蜜蜂會出來納涼，同時也在蜂窩外振翅鼓風給蜂王搧涼，蜜蜂傾巢而出，蟾蜍便會趁機去吃蜜蜂，所以晚上必須拿油布火抓蟾蜍。我晚上就住在草寮，以便起身抓蟾蜍。有一天，天快要亮的時候，丈夫從家裡提了早飯來，當他推開門時，大為驚恐，因為我正安詳地枕在一條大蛇（五、六尺長）身上熟睡，而且蛇頭還偎著我的臉頰。丈夫不久前才被蛇咬過，見到蛇仍有餘悸，不知是叫，或者不叫的好，他平日會吹口哨，這時候就在門外吹起口哨來，他吹的是「ふたりは若い」這首歌。我在睡夢的迷糊之中，聽見丈夫在吹口哨，便醒了過來，見到一條蛇緩緩爬出草寮，草寮門上另有一條蛇和牠併肩離去。丈夫事後問我：「妳是不是蛇精啊？竟然枕蛇而眠！」事實上，我一向早起，那一天睡到那麼晚，是因為枕著涼的蛇身，所以比較好睡，才會晚起。我問附近的人有沒有看過這種蛇，他們說見過，這種蛇是會照顧人的，但也會傷人，因人而異。他們說我是有福氣才會遇到這種蛇。

第五章

夫死從子，面對艱困挑戰

在這種每天必須工作，沒得吃、又睡不著，令人崩潰的情形下，想起父親教我們姊弟折筷之事（指姊弟同心，其利斷金），反而培養出一種克服困難的毅力，一旦突破難關，就開始了新的人生。

父親去世後一個月，次女壽美出生，台灣也因戰爭之故進入「非常期」。一九四一年十月，祖母因父親的過世感到悲傷寂寞，得了不眠症，不久也中風、腦充血過世了。年底，太平洋戰爭爆發。三女靜芬則出生於一九四二年一月二十日。

丈夫非常努力地工作，在家中這些變故之後，他一直喊累，接著得了感冒，有時還咳嗽，也常說他肩痛，但照了X光卻沒有發現任何異狀，我也就放下心來。在這個時候，老實的丈夫卻因兩件事而心情緊張、煩惱不斷，一是他雙親的墓被放牧之牛破壞，棺木露出，孝順的他得到這個消息，想要整修，但他的兄弟卻強硬反對，理由是埋葬的時候地理是最好的，若整修會破壞風水。另一件事是父親死後財產的分配問題。父親死後，在養蜂場工作的兩個叔父要分財產，而丈夫是招贅來的，處在兩個叔父間常感到左右為難，開親族會議時，他雖極力向叔父勸解，卻得不到圓滿的解決。

日本統治後期，生活不自由，依照各家人數、歲數，給予不同的配給，米、油、肉是配給的物品。不過，我也沒有因此而買過黑市貨品，父親教我要克服逆境，將逆境轉變成順境才能成功。我常想：我們總是給日本人管，在台灣出世的人一代一代犧牲，卻不能團結起來，我們的資源怎麼會給人家用呢？就拿配給來說，在份量和品質上，日本人和臺灣人就有明顯差別。日本人配給多，物品又新鮮；台灣人拿到的東西品質多半不好。當時一條街上分成幾組，每組有組頭負責分配，如果遇到好的組頭，他會等量齊分，大家公平地拿一份；如果遇到差的，往往先將好的挑走。日本人對臺灣人實在有夠欺負。

日子過得很快，我在一九四三年十月九日生了第一個男孩，名叫國治。當日本政府命令有老人、病人、三歲以下小孩的家庭都必須疏開（疏散到鄉下）時，我們家中因有老阿嬤、又有病人（我先生）及小孩（大兒子國治），就得住到內雙溪山上。當時內雙溪的家有不少人借住，時局混亂，有人帶著金條上山，但是金條太重，行動不易，又不能當飯吃，很多人都用金條換菜脯配水喝。我當家庭主婦很辛苦，每天要準備東西給老人、病人吃。這時丈夫卻為了防衛台北，仍然住在迪化街家中，得空才能騎兩個半小時車到內雙溪來看我們。每次看到他，就覺得他愈來愈瘦：他疲勞兼肩痛，經醫院檢查的結果，說是患了結核病，當時尚未有抗生素，只能盡量讓他安靜休息，並給予充分的營養。據說最營養的莫過於用豬的肺管油（氣管四周的脂肪）炒飯及用「冰糖茶泡雞蛋」給先生吃。然而戰爭中，為了一家人的生活，我先生心情一直都無法平靜。當時雞隻是用配給的，不能私自購買，我外出找管道買雞給先生吃，都先灌雞吃浸過酒的米，這樣雞就會安靜睡覺，坐火車回家時才不會被日本人發現。

我們知道日本人要吃敗仗的事，是在日本飛機墜落到台灣神社起火燒毀之時。（按：此事發生於一九四四年（昭和十九年）十月二十七日下午兩點，由廣東飛來的日本飛機墜落在台灣神社上，將全是檜木造的台灣神社燒光，而翌日「十月二十八日」，正是所謂「台灣神社のお祭り日」——台灣神社節）。有關台灣神社，日本人要我們去參拜，但曹秋圃老師不要我們去拜。父親更是說那是「臭狗仔」的文化，不是好的文化，小的時候不要學，要學日本文化長大以後再學。父親的看法讓我想起另一種思考的方式，記得美國前總統尼克森到中國大陸時，看到幼稚園的小孩說英語，他想這個國家這麼地注重教育，便問小孩：「學英語是老師要你們學的嗎？」沒想到小孩回答說：「以後要和紅毛番打仗，不要被他們欺負，所以要先瞭解他們。」

這一年的大年夜，好不容易我得以和丈夫共享寂靜的夜晚，就在此時發現他脖子上有個淋巴腫的顆粒，當時我並不了解這是何種原因造成。過了年，我利用種種管道到大醫院去打聽，說是要接受病理檢查，並予割除較好。然而檢查報告要四週後才會知道。

一九四五年（昭和二十年）一月中旬，丈夫來到雙溪疏開地調養，然而病狀持續惡化，肋膜積水，呼吸困難，即使睡著也很辛苦，因此起起睡睡；再加上痰哽，嚴重時幾乎要窒息，雖然為他特別準備了營養品，也常咳吐出來。先生倒下來了，我卻什麼忙也幫不上，我常想如果能以自身代他受苦就好了。

農曆三月的第一個星期日（三日），親戚鍾春波和他的父親、弟弟一起來看我先生，很高興地聊天，然而先生看來已相當的痛苦；突然間，他的頭垂了下來，我趕緊抱住他，他用力地握著我的手，就此離開了世間。

我走到戶外，跪地放聲痛哭，我怨天，何以遭到這樣的苦難！當時正處於戰爭期間，棺木不好找，幸好先生平日和附近村莊的人相處得不錯，防衛團的團員吳阿安找到保正阿樂仔，和我翻過一山又一山去借棺材。當時有些人家怕死後一時找不到棺木，而有預先準備棺材，我們就是去找這樣的人家借，總算借到一口棺材，而這筆數目很大的債務卻是兩、三年後才還清。我將結婚的胸針和翡翠戒指換成錢，還是不夠用。墓碑是我自己立的，碑上的字是我自己寫的。

我先生和父親同樣都是因癌症而去世，父親直到快過世，才由吉田醫生診斷得到癌症，但已到末期而不能開刀。丈夫的病則一直不知道病名，由於我在他脖子摸到一個腫瘤，便告訴醫生說可能是癌，醫生罵我說：「那麼想癌！」我請求他切片檢查，檢查結果要四週後才知道，而丈夫卻在一個星期後就過世了。檢查報告終於來到，肺癌也得到了證實。我後來學西醫和父親、丈夫得癌症有關，一是關心家人，怕遺傳癌症影響到家人子女；二是想找出癌症病因，減輕、解決病人的痛苦。我拿到醫學博士後，不斷蒐集、研究癌症病例，看看是否可以在早期發現加以治療。有時我每天要看一百多位病人，他們有的對我說：「先生，妳要救我，我子幼某（太太）少年，我若死，某會再嫁。」他們也問我，「我會好嗎？會嗎？」這時候往往在內心掙扎，醫生該不該對病人說實話？可否不瞞病人，而還可以救人？或者即使瞞著病人，也不能解決病人的痛苦？我認為，醫學應當走預防的路線，病人的痛苦刺激我從事這方面的研究。

丈夫的過世對我的大兒子國治是嚴重的打擊，對他一生造成很大的影響。戰爭末期，住在山中的日子，我必須外出找工作，國治時年三歲，都和丈夫一起吃飯，父子倆十分親近。及丈夫過世，還未入斂時，國治看見他爸爸躺在那裡，不知道爸爸已經去世，還要爸爸醒來弄飯給他吃。這當然是不可能的事，國治不能理解這一點，因此號啕大哭，一直到哭累了、睡著才停止。待丈夫入木（由水床移入棺材）時，國治又大哭，也是哭到累得睡倒為止。後來工人要封釘棺材時，他不讓人家把棺材扛出門，摔著哭，我因此不敢讓他到墳地去。現在回想起來，國治前後三次大哭，以至於入睡的過程中，已經傷到腦部，應是造成他日後精神異常的遠因。當他大哭時，我應該向他解釋清楚，讓他情緒安定下來，再讓他入睡才對。不過那時因為丈夫過世，一切都亂糟糟的，我一時也顧不到這個。後來他變得很沒有安全感，常攬（摟）著我的大腿，不讓我走；我每要外出都得等他睡著後才偷跑，也因為如此，他黏我黏得更緊了。

教養零到六歲的小孩要很注意，最好親自哺乳。授乳時，母子之間會有很好的互動和情感交流，俗話說：「生的請一邊，養的恩情卡大天（大如天）。」就是說明養育兒女的艱難。如果小孩哭或者有什麼問題，不要用唬的、騙的方法，要用愛心向他說理，讓他明白，等他不哭了，過一會兒再讓他去睡。我之所以想寫書，就是希望以我的經驗現身說法，讓大家明白教養子女不可忽略細節。

國治長大後，一直給自己很大的壓力，他認為自己是長子，要照顧祖母、母親、姊姊和弟弟，而後來我赴日習醫，使他感覺母親不在身邊，自己的責任更重。但他尚年少，有了這壓力，能力卻不足，心理就無法平衡。他是在讀建國中學高一時開始生病的。那時我已經在日本，他第一年考高中考上成功中學（第二志願），但他不滿意，而且很失望。我寫信勸他：非第一志願的學校也可以出狀元，不過他聽不進去。第二次重考，終於考上建中。在這個階段，他內心從先前的不滿轉成驕傲，對比非常明顯。我從他當時的日記中，知道他在缺少父愛和母愛的情況下，轉而祈求神來愛他。他又很相信老師，老師帶他信基督教，他信了神以後，就要祖母將神主牌敲壞，弄得一家人都不安寧。

他是我所有小孩中最漂亮（體重、身材都好）聰明的一個，個性也好，卻在轉骨期（青春期）發病，當兵時也曾由軍中送到台大精神科就診。我覺得自己沒有盡到做母親的責任，心中非常愧疚。

國治後來到日本千葉大學讀園藝（一九七〇年入學），只差兩天就可以畢業的當兒，他卻不讀了，理由是「神比較重要」，可見在他心中文憑不及神的力量。在情感上，他對我既愛又恨，他經常在皮包裡放一把短刀（是一種有把手的刀），告訴我：「有一天我會殺死妳，我看妳很辛苦，早一天到天國去，去神那裡才會快樂。」我和母親偷偷地把刀拿走，他又去買來放，前後共買了十幾把，後來不得已才送他去精神病院。他常對我說一些令我感動的話，而實際上並沒有辦法照他所說的做，不過他還是會講就是了，可見他所想的和所做的無法配合，想像的和實際有段距離。他建中的同班同學有三個人精神都出了問題，其中有一個也是醫生的兒子。

國治在精神病院中被當做精神病人來照顧，十分可憐，我就又將他接出來。他現在五十多歲，沒有結婚，由一個基督教牧師、牧師娘和他們的兒子照顧。

再說到戰爭結束時，我的境況非常困窘，可以說是到了家徒四壁的地步。從雙溪山上回到迪化街的家，由於疏開的期間沒有打掃，累積了層層的灰塵，蛛網密結，但我卻連買掃把的錢也沒有，只能用新聞紙摺疊起來充當打掃的工具。這是因為先前籌措丈夫生病吃藥、調養的費用，以及他去世後借棺木埋葬，積欠了不少錢的緣故。其時，弟弟們都已經結婚，仍然是在雙溪養蜂，而在廣和堂後面租屋居住。我自己帶小孩成一家，又懷著丈夫的遺腹子，連吃飯都有問題，不得不想辦法突破困境。然而，我連向人借貸都有困難。我拿了廣和堂的所有權狀作為抵押，向保正「義合」的李藤樹借錢，他對我說：「不是我不借給妳，妳一個女人家大著肚子，上有母親，下面還有四個囝仔，就是「扒車輪」（忙得如車輪轉）也無法養活一家人。妳不要借錢了，趕快去嫁人才是正途。」我看對面「松森洋服店」也拿著所有權狀向李藤樹借錢週轉，他借到了錢，我卻借不到，就要求李先生說，即使少借一點也可以。不過，李先生還是拒絕了，他認為：我的環境越是辛苦，就越必須去嫁人，因此他不能害我。

光復初期，有一些大陸人以手巾包著中藥（有人蔘、當歸等）坐船來到我家對面十三號水門外來賣。當時漢藥很少，我很想買，但是沒有錢，恰好遇見一位以前找我看病的患者。這位貧血患者想向我買過去吃的藥，我向他說明如今沒錢買藥材配藥，於是趁機向他借錢，買了一些藥來摒當時人們最需要的補血藥丸。因為戰爭期間田庄的婦人工作過度，又欠營養，所以常頭暈、缺血，臉色煞白、手腳冰冷，很需要休息及吃補藥。我用買來的藥材，加上家中還剩下的蜜製成藥丸，先拿到山上給向我「注文」（訂購）的人家，就這樣一次次地，陸續賺得一點工錢，勉強維持一家的生活。另外，我也向父親以前有來往、可以掛賬（不必以現金交易，每月初二、十六結賬）的四家藥舖：乾元、添籌、捷茂、協吉成，賒一些藥材，一星期結一次賬。對一個沒有了丈夫，又沒有開店的女人而言，他們算是幫了很大的忙了。

為了貼補家用，我還到台大醫院婦產科去包「月內衫」（婦女坐月子期間的髒衣服）回來洗。洗這些髒衣服必須要用大量的水，我便利用十三號水門的水，以水邊石頭做為洗衣板來洗。習俗上，一般人都會包紅包給洗月內衫的人，以表示感謝，所以收入較好；同時，他們煮月內補品給做坐月子的人吃時，也會送我一些，讓我拿回家。

即使賣藥丸、兼幫人洗衣，每天這樣辛苦工作，仍然不足以養家，每日只能用一合米加魚乾和菜葉，熬一鍋稀飯一家人吃。所以，我透早騎腳踏車到中央市場去撿菜葉，以高麗菜來說，市場內菜販阿伯會將最外面的菜甲（葉）剝掉，我就拿著竹籠仔載回來。那時候在市場打掃的阿伯問我何以來撿菜葉，我告訴他我的境況，在那之後，他連較軟、還可以賣的第二葉也剝下來給我。家裡一連吃粥吃了三年多，還記得過年時煮了一頓乾飯，孩子們向我要求：「媽媽，下午再煮飯吃。」三年以後，家境稍微改善，才能一星期吃一次乾飯。

這段期間，家中從未買過魚肉。有一次鄰居做牙拜土地公（當時開店的人家每個月初二、十六都要拜拜），供桌上有魚、肉、雞等，國治那時候還很小，便踮著腳跟去看人家拜什麼東西，鄰居就說：「沒父的孩子，看看便罷，不要拿去偷吃。」我聽了，心中感到極大的痛苦，自此之後，出門時就將孩子關在房內，不讓他到外面玩，這對國治日後造成很大的影響。小孩子三、四歲時正是智慧發育的時候，不讓他到外頭和同伴一起玩，也可能是造成他後來發病的原因。世上真的是錦上添花者多、雪中送炭者少，對於一個沒有丈夫的女性而言，我的感受尤為深刻。

老實說，在丈夫去世後的頭三年，我的日子極為艱困，幾乎每天都想死，想把小孩殺死再自殺。

丈夫過世時，我懷有身孕，卻不幸染上瘧疾，病發的時候，即使連喝滾水也不知燙，又會抽搐，一直哺豆仔（打顫），痛苦不堪。我託人向軍中取得治瘧疾藥——奎寧，但又怕吃了導致腹中胎兒畸形，我是既想吃藥，又想保全孩子，幸好後來瘧疾治好了。至臨盆時，雖是順產，但一聽到小孩落地哭聲的當兒，好幾個月沒有發作的瘧疾又突然發作了。我又想到以往四次生產都有先生幫忙調理，這次生產先生卻已經不在了，感到十分傷心，子宮也未收束，一直生病。我讓這個孩子姓他父親的姓，名叫再生，繼承陳家的香火。這孩子先天不足，生下來就不是很健康。因為我懷孕三個月時先生過世，沒有好好吃東西，而三、四個月正是胸腔發育的階段，因此孩子常呼吸不過來，只要一哭就呼吸困難，臉孔發黑。而他又是一睜開眼睛看不到我就會哭，因此他在三歲以前從沒有在床上睡過，都是由我抱著睡的。我趁著抱著他睡的時候，同時抄寫張仲景的《傷寒論》，由於疲累的緣故，毛筆字有時候會寫歪，我捨不得浪費紙，使用小刀割小紙片貼上，再予以修正。

這孩子三、四個月大時感染了肺炎，差一點就救不活了。看著孩子病況嚴重，我抱他到鄰居的小兒科看病，醫生表示沒辦法了，於是再抱他到馬偕醫院。我以為這是個教會醫院，會對病人特別照顧，沒想到院方不但要我交保證金，還要找保證人。當時我家連三餐都有問題，那裡拿得出保證金，只好抱著小孩回家。離開馬偕醫院，我沿著今日民生西路走，到了（淡水線的）雙連火車路線邊時，腳軟走不動了，這時候恰好遇到一位「先生媽」，她開口問我：「妳這個查某抱嬰仔做啥？」我告訴她沒錢送醫之事。她便將孩子抱過去，立刻俯身用嘴吸出兒子鼻內的痰，然後拿出身上帶著的針，刺兒子的人中、鼻翼，再刺手指甲縫使之出血，先擠出的是黑血，直到血色轉成紅色，方才停止。她接著搓小孩的肚臍，脫下自己的外衣，用來包裹小孩，對我說：「以妳的情況，也無法照顧小孩，不如把小孩交給我，三天以後再來抱回去。」我雖然放心地把小孩交給她，仍然擔心著孩子的病情，三天之中，每天都偷跑去看。小兒子竟然在這樣近似奇蹟式的情況下被救活了。

除了撫育孤子、養家的辛勞之外，再婚的問題也對我造成很大的困擾。丈夫去世時，我才二十六歲，以前追求我的人仍然未婚，還在等我。從前，因為我是獨生女兒必須要招贅，而他又恰是獨子不能入贅我家，雖然他自行準備了訂婚戒指和結婚用品，但婚事無論如何是談不成的。如今，他表示願意接納我五個孩子，他的父母也不反對。他寫信來說明他的心意，我無法予以回答；他面對面地來求親，我也不能答應。不但他自己來求親，連他父母親也來幫他求婚，但我就是無法應允，這是有好幾個原因的：

一、我從小去漢文學堂讀書，教的是三從（在家從父，出嫁從夫，夫死從子）四德，這種想法深植在心；此外，又有「三年無改父志」之說，我未結婚前曾告訴父親「要學好中醫，不嫁人」，也就是接受了這個觀念的緣故。由此可見，教育對一個人的人生影響至深。

二、我經歷過一次一直在生孩子的婚姻生活，對婚姻有某種程度的懼怕。以前的書沒有教女人如何生活，只是教人生小孩；當時也沒有避孕的知識，我的婚姻前後僅有九年時間，總是在懷孕、生產和哺育小孩中度過。我想：如果再婚的話，像我這麼會生的人，不知還要再生幾個？我一想到這點就怕，那敢再結婚？

三、我不希望孩子因為我再婚而受到差別待遇，甚至虐待。我過去也看過很多人連對自己的小孩都會有大小心（差別待遇），何況是別人的小孩？若是將來我的小孩成功了，人家會說這是後叔所栽培的。

雖然我和先生沒什麼太深厚的感情，就是一直生小孩，但是丈夫非常疼小孩。記得次女很愛哭，當她睡覺時，我不僅要一面搖著她，一面還要用手在她屁股上拍一拍，否則她就哇哇大哭。當時我工作很辛苦，有一次用力打了她兩下屁股，丈夫很心疼，對我說：「如果她哭就交給我好了。」此後，丈夫只要聽到小孩子的哭聲，就趕忙去抱小孩，有一回還因此跌了一跤，他抱起小孩時說：「還好給爸爸抱，否則會挨媽媽打。」我先是接連生了三個女兒，母親不高興；當我生第二、三胎時，母親巴望我能生個孫子，因此準備了男孩的衣服，但結果是失望了。到第四胎時，母親想大概又是個女的，就沒做衣服，說：「穿姊姊的就好了。」長子出生時，先生在外雙溪做工，聽到我生了男孩，立刻趕回來，還不敢相信，打開尿布確認之後，十分歡喜。第二天，他去燒水要給小孩洗澡，因為高興過度，竟然糊塗地把燒好的洗澡水倒掉了。

那時我不想再嫁人，面對著人家的求親，也不知如何應付，只能「時到時擔當」。一個人帶五個小孩，非常辛苦，小孩一睜開眼就纏著我，餓了就哭。一個小孩感冒了，就接連感染，五個全都感冒。我每天去洗衣服，不僅要洗，還要晒，要摺，感覺很累，每天都不想活，只是想死。在這樣的困境，我又沒有可以商量的朋友，一切都是靠自己。然而在這種每天必須工作，沒得吃、又睡不著，令人崩潰的情形下，想起父親教我們姊弟折筷之事（指姊弟同心，其利斷金），反而培養出一種克服困難的毅力，一旦突破難關，就開始了新的人生。三年後，我終於得以在「廣和堂」開業，也立刻把在山上養蜂的兩個弟弟找來，姊弟三人共同為事業奮鬥。

這段期間，我曾組織了一個「未亡人會」，這是為戰爭末期志願去當「決死隊」隊員的未亡人而辦的，在我住的那條街像這樣的人就有好幾位。因為謀生困難，這些未亡人會去酒家做斟酒（陪酒）等容易賺錢的事，有的太太們煞費苦心，穿著家常衣服出門，到了半路才換上華麗的衣裳去「上班」；有時候客人也會去家裡，她們的孩子回到家，見到家中有陌生人，就不想回家。我兒子的同學因此跑來我家住，我也儘量給他們方便。然而我看了這種情形心裡很難過，心想自己如果再婚，我的孩子可能也會如此。因此我苦思積極幫助未亡人及其子女的辦法，組織「未亡人會」，向物資調節會申請縫衣機，然後去軍隊裡承製夏天蚊帳，或是做學校的校服，並且申請了一個商標。這樣，未亡人有了工作解決生活問題，可以說是救了一些未亡人和她們的小孩。

第六章

執業中醫，有志者事竟成

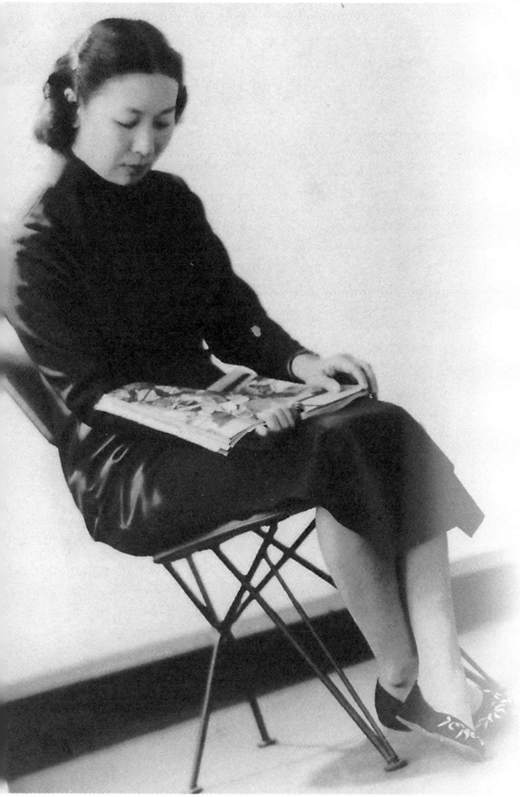

我沒有料想到自己會考中，放榜那一天，我兩個弟弟去報社看榜，據說榜單上的名字是紅字就表示考上了。弟弟看到我考中了，就立刻回來報喜，把我從睡夢中叫醒，告訴我這個天大的好消息。

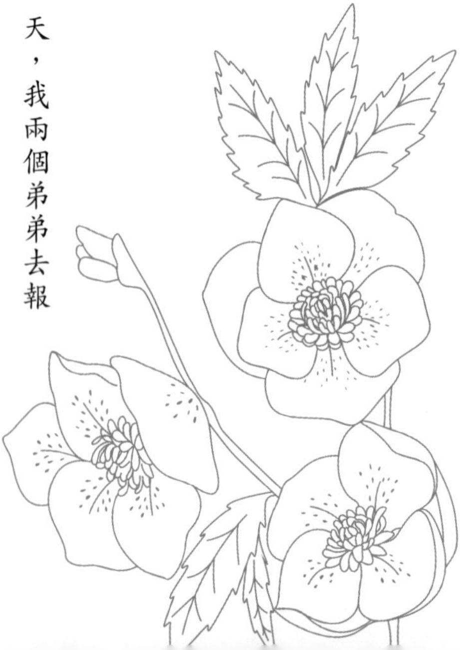

一九五〇年某日下午三點左右，有一位長輩蘇錦全來找我——他通常每幾個月會來看我是否安好，並提到：「政府舉辦的中醫師考試有沒有去報名？」我沒有這方面的消息，當然沒有報名。那天正是報名的最後一天，當時已經下午三點多了，報名的地點在大龍峒孔子廟，我請春波載我去，到了那裡，才發現原來報名所需的資料（包括照片和我在永樂町五丁目開業五年的證明，經由鄰居、保正、世話人〔介紹人〕和區長等層層的證明），至少要一天才能準備齊全，眼看著是趕不及了。幸虧那位辦理報名的先生人很好，他說可以先給我一個號碼，所需的資料明天再補繳就行。因此，我才得以趕上這次的考試。

那時候的中醫師考試共分口試和筆試兩部分。筆試的科目有專科（我選婦產科）、藥物學、藥理學、心理學、診斷學和憲法等，一共要考四天。口試則為選科，我選的是婦產科。對於這個考試，我根本沒時間準備。考試當天，我到了考場師範大學，應考者有幾百人，一一點名，被點到名者要喊一聲

「到」，那時我甚至還不知道「到」是什麼意思。第一天考完後，回到廣和堂，便繼續看病人，直到看完為止，因此實在沒時間準備。然而，我自小即熟背《湯頭歌訣》《藥性賦》、《雷公炮炙》、《醫宗金鑑》、《本草綱目》、《傷寒論》等書，可以說到了滾瓜爛熟的地步。又從前父親開藥店，先生媽或拳頭師之類的中醫師來拚藥仔時，我都留意他們的處方，而且在藥店有臨床實習的機會，故深知處方是一回事，但臨床時還得經由望、聞、問、切四診，視病人的情況再下處方，即所謂的「加減臨時再變通」。藥方中何者為主、何者為輔，「君臣佐使」，還要考慮環境、季節、生活起居、衣食住行等，才能拿捏得準。行藥如行兵，需要臨機應變，不能讀死書。因此，我除了憲法之外，每科都通過了。

記得當時有一考題是：在幾十分鐘之內，寫一千字的「健康論」。我對健康之事甚有心得，我認為健康是人生事業成功的基礎，一半屬於先天，一半則是後天，自身的健康可由自己來掌握。由於這是我的體驗，所以寫來得心應手，不打草稿直接下筆，時間未到，我已完稿，監考人員還告訴我「時間未到，可以再寫」。至於口試所選擇的婦產科，也只花了五分鐘就考完了，我甚至還教主考官西醫如何驗孕呢。

即便上述醫學方面我都考得不錯，但考完之後，我仍自覺錄取無望，這是因為憲法一科我完全不會，所以在卷子上寫了「不會」二字。主辦這次考試的人是張默君女士，她看我各科都考得很好，只有憲法沒寫，就以日治時代台灣人沒有讀中國憲法為由，希望審查委員特別給我一次面試的機會。我回家就趕快去買憲法和治療、解剖等有關醫學的法律的書來看，再接受口試，考試官說我說的話很實在。之後，張默君對我很好，每幾個月會買一些筆、簿子來送給我的小孩。

我沒有料想到自己會考中，放榜那一天，我兩個弟弟去報社看榜，據說榜單上的名字是紅字就表示考上了。弟弟看到我考中了，就立刻回來報喜，把我從睡夢中叫醒，告訴我這個天大的好消息。這次的考試有幾百人應試，只有我和另外一個外省籍的陳紬藝二人考上。記得我去考試時，有一個長著鬍鬚的男生罵我：「妳怎麼也來考？」他說他住在永樂旅社，擔了兩箱書來讀。結果他考了好幾年都考不上。

中試以後，弟弟要我拜祖先，晚上在我住的永樂町點燈放炮，以慶祝我考上中醫師。一九五〇年十一月，我拿到中醫考試及格的證書，翌年（一九五一）一月十七日，成為合格的中醫師，終於為「為父雪恥」；九月加入中醫師學會。小時候，人家叫我「矮仔旂」，考上中醫師後，就改稱我「查某先生」。

我拿到中醫師執照之後，就在舊居廣和堂重新開業。由於我出生在日治時代，所以認得一點日語；另外，在曹秋圃先生處學漢文的時候，也學一些北京話。光復後，有外省患者前來求診，我經由簡單的交談和患者的表情，和對方溝通，因此患者很多，有時多達一百多人，不得不限定一天只看一百人。我的辦法是掛號給牌，給來掛號者牌子，早來早給，一直給到第一百號為止。早上三、四點時，往往就有病人遠自基隆、社子坐船掛號；有時甚至幾位患者一起坐卡車來。對於掛到一百零一號的患者，也只好說聲「得罪了」。母親在掛號處對那些要加掛的人說：「你們要生命，我女兒也要生命。」母親非常重視我的營養，每當我吃飯，她必坐在我旁邊，要我吃這、吃那的。我成天坐著看病，沒時間運動，有時又憋尿，這可能是造成我後來十二指腸出血的原因。

這段期間，我之所以認識紀起鳳老師，是經由一位在通和堂（批發商）擔任會計的親戚紀贊枝介紹的。紀先生是臺灣人，早年赴爪哇經商，所以他講的臺語有點腔調。他有個孫女因傷寒而過世，他在痛惜之餘，便下工夫研究《傷寒論》。他並非學醫的人，居然也研究出心得。這時他回臺灣，是想要找個學生傳授其學，紀贊枝乃將他介紹給我。當時，我開業的業績良好，將廣和堂隔壁、後面的房子都買了下來，便將後面的房子提供給紀老師及其孫女孫兒居住。每天晚上，我向他請教《傷寒論》，他非常滿意我的理解力，可惜才讀了十分之一、二，我就離台赴日，而中斷了這項學習。我在去日本之前將患者介紹給他，他雖然學識好，卻沒有患者緣（治病不僅是看病給藥而已，還要注意患者的生活，與患者保持良好的關係），後來患者就愈來愈少了。

我在廣和堂看病，弟弟負責拿藥，當時我的原則是：有錢人照藥單拿錢，沒有錢的就免費。記得當時有一個來自內湖的赤貧病患，窮得連車錢都成問題，我開藥後覺得應該可以止住胃出血才對，但患者卻沒有太大進步，我很訝異地問他原因，他才說由於生病了不能賺錢、小孩讀書要錢很煩惱。我發現他家境困難，就讓他在米店賒帳幾個月，還幫他找工作。他原來的工作是踩三輪車，要出力，踩車不可能不傷身，不做又無法維生，我乃介紹他到電信局打工。總之，我認為醫病不僅替病人治病，還要解決病人背後的問題，才算救人。

說起電信局，光復後有陳樹人局長、張磐石局長，還有戴中樞總務科長，這些人都具有服務的精神，不會貪污，也為員工設想。電信局和交通部是大陸人掌權的單位中比較清廉的地方。當時電信局員工生病都到特約的台大、赤十字（紅十字）醫院看病，由電信局付帳，但員工眷屬則沒有這項福利。上述兩位局長都由我醫過病，我對陳局長及戴先生提出請電信局設立醫務室、聘請醫生和護士的構想，他們接受了我的建議，我又介紹剛由台大畢業的醫生李雙進去駐診。李雙進和我是鄰居，我常照顧他，和他很熟，他因為沒錢，無法自己開業。（李雙進後來在大橋頭開業，現為大春醫院；開業時候我幫他招互助會，後來他變成很有名的醫生。）醫務室成立後，有一位醫生、兩位護士，不僅為員工看病，也替眷屬看病，結果一年下來，電信局的醫藥費比去台大醫學院看病節省三分之一。

醫務室成立後，也幫我解決了一些問題，我的病患如果沒錢，就介紹他到醫務室看病，並且請電信局給予掃地的臨時工作，以便他可以在電信局醫務室抓藥。病人有藥服用，又有工作做，自然病情轉好，痊癒得快。

我開始學西醫，是因為一些朋友在馬偕醫院工作，大家互相介紹，常一起來店裡討論，中醫和西醫互相交流、研究，我也藉此機會吸收知識。西醫用藥治病，中醫則用藥調理身體，如此才能增加身體的抵抗力。我開藥方時，也參考病人抽血、照X光的檢查結果，以確定病因，對症下藥。

我大約三十歲時，也就是一九五〇年左右，一方面在廣和堂開業行醫，另一方面也在今馬偕醫院對面巷子的三角窗（巷口）租下一百多坪的房子，開設「竟成放射線院」。

我之所以開設此醫院，是有一段因緣的。癌症患者需要放射性深部治療，我的患者林溪瀨和台大放射科李新興醫師聊天時，告訴李醫生說我在研究癌症治療法。當時全台灣只有台大醫院設有治療機，但一天只能治療二十個患者，台大醫院因為病患多，病人排隊得等許久才照得到，並且檔期已排到四年後，多數患者未等到就去世了。台大醫院內有醫師想爭取多買一部機器，但內部意見分歧，延宕多時。因此台大放射科主任黃演遼教授（李新興的老師，曾到國外學習放射科三年）要求李新興去找一個能理解此一治療法的投資者，再買一部機器以嘉惠患者。李新興得知我有投資意願，乃轉告黃演遼教授。黃教授於是來拜託我申請外匯（當時外匯有管制），由我買機器，他下班後來這裡主持；黃教授在台灣教過的放射科學生很多，可以請學生介紹病患來這裡治療。李新興和我商量出資購買機器一事，機器很貴，是東芝牌的，當時只台大有一部；我向東芝公司訂貨，先買外匯，再用外匯買機器，李新興幫忙結匯。作為放射用途的房子還要加木材，做特別的處理，才能裝設儀器。

一個月後，我所訂購的機器到了港口，卻沒有法律依據可以取得此貨，後來政府特別為此增訂法律，才得以領回機器。「竟成」正式開業後，黃演遼教授準備一些通知單給他教過的學生，說台大的機器一天只能治療二十人，他將在下班後五到七點的時間內，到「竟成放射線院」繼續為病人服務，請他們將需要治療的病人轉來，他將會前往診治，而患者治療經過的報告，可以轉給其醫師。「竟成」開業不到二、三星期，就天天額滿，有時患者乘坐的三輪車都大排長龍，直到對面的馬偕醫院。患者則是依其患病的部位，給予十、二十，或三十分鐘不等時間的治療。除了醫院的治療外，我也和學校簽訂契約，定期幫學生照X光，以期早日發現肺部的疾病。我在竟成醫院可以接觸到癌症的病患，為他們做詳細的調查，並經由會談瞭解他們癌症發病前後的情形，九年期間得到六千多人的資料，累積了我對癌症的認識。

醫院取名「竟成」，是「有志者事竟成」之意。在馬偕對面開業一年後，曾向我借錢的陳皆得以土地抵錢還給我，我利用這塊鄰近的土地蓋了房子。房子落成後，乃將「竟成」遷到此處，一樓作診療室（放射科、胸部X光），二樓是病房，三樓以上是我的住家。醫院中有花園、假山、魚池。此地後來賣給忠山醫院（和今中山醫院不同），忠山醫院之後又賣給徐千田醫師，徐千田醫師在此開設徐千田婦產科醫院。

至於我為何有錢投資設立「竟成放射線院」，是因為有一年快過年時，一位三重埔木材行的老闆沈水木的後母到醫院來找我，她曾經是我的病人。在我看病的空檔，她要我幫忙救她的孩子——沈仔。原來沈水木蓋了日本式的房屋三十幾間，他是借錢建屋，快過年了沒有錢發工資，急得嚴重失眠。她帶來一些房子的藍圖，希望我幫他賣，免得債主來討債。

這些圖放在診所好幾天都乏人問津，我也沒空去想這些事。恰巧過年前，有二位服務空軍總司令部的陳處長、胡處長一起到我的診所來。陳處長患了胃出血的毛病，出血的原因是當時政府撤退來臺，空軍也要移到臺灣來，令他先行到臺灣買房子給將官住，必須高級些，要有客廳、廁所等設備。他先前有好幾次都找到了合適的房子，給了訂金、訂了契約；但是當時物價浮漲，房價高漲，賣屋的中人（仲介）後來又將房屋賣給別人。訂金雖然都有拿回來，但是買房子的事卻屢屢落空，因此他急得胃出血。他來看病時，正是過年，我給他看沈老太太寄放在此的藍圖，他很喜歡那些房子，覺得十分合適，就好像專門替他蓋的一般。本來我請他直接和沈太太聯繫，後來知道空軍出的錢比這些房子的價格多出四、五倍，就決定做中人，來幫兩方處理問題。

我有一位患者是台銀的總經理瞿先生，他看我一個女人要養母親和五個小孩，就告訴我說：可以用自己的房子作抵押向銀行借錢，先將沈家的房子買下來，再賣給空軍，便可以賺取差價。空軍是公家單位，要買房屋必須刊登報紙，完成法律程序。我向銀行借的貸款三年還清（包括利息錢），沈家解決了他們的問題，空軍買到房子，我也賺到一些錢，可謂各取所需。當時瞿先生還告訴我，臺灣即將發生通貨膨脹，臺幣會貶值，物價會上漲。因此，我將所賺的錢分成三份，一份買金條，一份買鐵枝，另一份買地皮，等待地價上漲。後來時局演變果然如瞿先生所說，我就這樣一下子賺了很多錢，才有錢購買深部治療機。瞿先生之所以幫我，是因他知道我做事合理，如建議設立電信局醫務室，即其中一例。

我開了竟成放射線院之後，除了幫空軍介紹買宿舍賺了些錢之外，也另外動腦筋賺錢。公賣局有一次招標購買煙筒，其木材的長、寬、厚和片數都有一定的規格，而且指定要用福州杉製造，但價格卻不高。本地商人取得福州杉困難，如照招標的價格，實無利潤可言，所以沒有人去投標。有一位日本患者曾經告訴我：日本的福州杉很便宜，又容易取得。因此，當公賣局因為無人投標來找我幫忙的，我便想到一個好辦法。我寫信給日本的患者朋友，告訴他公賣局煙筒的規格，請他用比此規格稍微長的福杉板釘成箱子，以此箱子包裝著魷魚進口。這批進口的魷魚到了基隆港口之後，取出魷魚，便將此木箱上下長的部分鋸掉，再做成合公賣局所需規格尺寸的煙筒賣給公賣局。當時正值清明，家家戶戶都要拜拜，魷魚銷路很好，因此魷魚在港口就被大賣商買走了。這次的生意幫我賺了不少錢，真是一舉兩得。

正當廣和堂和竟成放射線院的業務蒸蒸日上之際，我卻因故必須赴日，揭開了我生命中的另一段歷程。

第七章
遠渡日本，名震皇室貴族

雙寶液對清大便、腸蠕動頗有助益；三島服下後，吐一大堆的痰，接著放屁、拉屎、通便清腸後，肺部的痰就可以咳來。後來，他的病情慢慢好轉，治喪委員會不必成立，我也因而出了名。日本貴族紛紛找我看病，一時應接不暇。

俗話說「禍福相倚」，前面才發生幸運事，沒想到禍事就接踵而來。當時日治時代專賣局製造藥酒需要當歸和生地，每年需求量不同，專賣局第五科的人知道我們有能力鑑定藥材的好壞，就將採購藥材的工作交給我們辦理。藥材大半在香港訂的，由香港商人開出價格單，因此價格自然貴些，我和專賣局說好將價格單交給專賣局投標，我們就只賺所有費用的三％～五％，事實上沒什麼利潤可言，只是做有信用的生意。光復初期，這項工作曾中斷一段時間，後來因提供者常送來比樣品差的人蔘，公賣局還是請我們持續接下這項工作。由於外匯有管制，但藥店一年需要幾十萬斤的當歸，所以我們的變通做法是：將一批藥材押在銀行，以它來抵押當歸價錢，再買另一批，一直到藥材份量足夠為止。因此，臺灣的五家銀行倉庫都存放我家廣和堂的藥材。然而，因為政府施行「國家總動員法」限制進口貨物，以防囤積，每次只能買一百公斤當歸。這麼一來我們就觸犯了國家總動員法。

有一天中午，我正在家中，警察局派人來抓我，只見他們之中的一人將樓上兩、三個金庫查封；也有看守電話的，只要是電話打進來就去接聽。店外停了一輛吉普車，有個人到我面前，拿出名片，說要逮捕我。我先被抓到警察署（北署）住了一晚，記得當時有犯人肚子痛，我一摸，發現是急性盲腸炎，就通知警方，救了一條人命。第二天，我被送到軍法處。當時家裡的人都不知道我的去處，剛好軍法處有兩位女警，一姓高、一姓王，她們負責對犯人搜身，將手錶、鍊子剝下。其中那位高小姐約二十多歲，她看我不像壞人，便私下問我怎麼會被送來這裡、家住那裡？並且好心地去告訴我家人。我在軍法處被關了二十多天，才知道犯罪的原因，趕忙請家人向公賣局要證明，表明我此舉是為公賣局買藥材，買多少錢、賣多少錢等等。公賣局給了證明，但軍法處不承認，判我三年罪。宣判那一天，法庭要我在狀上簽名，拿了筆墨給我，我一氣之下，把筆和紙丟給軍法官，自己也因十二指腸潰瘍昏倒在法庭，但判決並沒有因為我不簽名就不成立。由於十二指腸出血嚴重，軍法處的醫官將我送到台大醫院開刀，整個胃被切除三分之二。後來高小姐又到家中報訊，家人才幫我辦理保外就醫。

我早先因目睹先生罹患肺癌痛苦病逝的過程，便下定決心要找到改善癌症末期患者痛居的藥方，然而，當時台灣尚未成立治癌研究中心，因此暗計畫待么兒十歲時赴日研習。我所以選擇去日本，主要是因日本在治療胃癌方面有獨到之處，我從報紙上得知日本吉田醫生的皮膚癌實驗，他以柏油塗在兔子的耳朵上，皮膚不通氣，不久就長出皮膚癌，這是首次創造出來的人造癌細胞。我也利用兔子和老鼠來作實驗，以瞭解如何治療才會有進步，並嘗試探究如何將中國醫藥文化和西方的醫學結合，相輔相成。

我很早就為赴日之行給予小孩們做心理準備。平常家中大小無法一起吃飯，家務是由一名女傭幫忙，我僅能早上和孩子一起吃早餐，並且替他們做便當。另外，每個星期六開一次家庭會議，要他們說出下星期想去哪兒、吃什麼、買什麼，我儘量滿足他們的願望。么兒六歲時，我就給他剪刀、針線，教他縫釦子、穿褲帶，告訴他：「到你十歲時，我要外出，因此自己能做的事要自己做。」因此，後來我雖是在迫不得已的情況下提前匆忙赴日，但並未給家中帶來太多的慌亂。

我之所以提前赴日，乃因軍法處李處長不時索賄的緣故。我在法庭上十二指腸出血而被送台大醫院，後來保外就醫，家人告訴我「沒事了」，叫我安心。沒想到李處長以我保外就醫、沒有在獄中坐三年牢為由，不時到家中索賄，每次要求十二條黃金（每條一兩重）。母親怕我再度被關，並沒有告訴我，而私下找常來我家週轉金錢的高砂紡織廠老闆周塗樹、電信局課長和我弟弟們商量，籌足了錢消災。李處長食髓知味，又來了幾次。有一天，我從「竟成」要到「廣和堂」看病時，發現忘了帶一樣東西，乃折回「竟成」，沒想到李處長會在那裡，他穿著制服向我打招呼。當時我沒時間跟他談話，便另外和他約時間、地點見面，之後才由家人口中得知他又來揩油了。我決定留下李處長索賄的證據，所以拜託錄音機店代為在椅子下安裝錄音機，以便在李處長依約來訪時，錄下所有的談話內容。我問李處長為何向我要錢，他說：「妳被判刑三年。若要關三年也可以，否則交出十二條金條。」我一度想乾脆帶書到獄中去做研究，坐足三年牢，但媽媽不答應；要給金條，卻又怕後患無窮，沒完沒了。

正在為此事發愁煩惱時，蔣緯國的岳父石鳳翔因皮膚病到「竟成」來做治療，李醫師將我的困難告訴他，我向石鳳翔說明我的考慮，一是準備去軍法處服刑三年；一是公開錄音帶以避免被勒索。他回答說：「如果公開錄音帶，軍法處長一定會被槍斃，但他的親戚也會來報仇，將來麻煩不斷。這種人不必由妳來教訓他，必有會教訓他的人。中國人的辦法『三十六計走為先』，妳還是到日本讀書的好。」然而我係保外就醫，必須以出國治病為由才容易獲准，於是向台大申請診斷書。同時，既要就醫必須有父母或子女陪伴。我大女兒當時十五歲，正在高中就讀，年紀符合條件，所以就帶她到照相館拍照，兩人共用一本護照。往後的困難是：如何在短時間取得內政部出國許可？這一難題也由石鳳翔親自打電話給內政部長，故在當天便拿到了出國許可。

雖然我決定提前赴日，但是心中仍有所不安，我沒有讀書的基礎，不知此行是否可以成功，因此十分矛盾。當天晚上，我到木柵仙公廟（指南宮）去「睡仙夢」，問去或者不去的好，結果抽到籤詩，說要出去才好，其中一首是「君庚甲未亨通，且向江邊作釣翁，玉兔重生應發跡，萬人頭上逞英雄」。雖然媽媽還是擔心，要我再考慮，但這似乎是好兆頭，給予我勇氣，因此我還是下了去日本的決心，迄今我仍保存著這張籤詩。

回顧一生當中，最令我感到痛苦、受挫最深的就是犯總動員法被捕之事。我所受的教育是「安分守己」、「三從四德」，從小我就牢記這些訓條。然而，突然有「國家總動員法」的頒佈，而且在未調查之前就逮捕了我。我是一個女人家，名譽很重要，當時我想到種種問題：以後我將如何教育孩子？小孩是不是能瞭解？若是他們不諒解的話，我又如何自圓其說？又，那個時候談政治的事是會被槍斃的，我所做的事也不能讓小孩知道；在那種既不能說，又不能講，心中的苦沒法宣洩的情況下，我受到很大的打擊。在此之前，我已為赴日做了一些準備。我很清楚自己對孩子們有個期望，就是希望他們能吃飽，並且讀到大學，以補償我未讀大學的遺憾。所以我以定期存款存足了每個小孩從當時到上大學所需的費用，就連母親喪葬費也有了打算，經濟方面並無後顧之憂。

由於當時外匯有管制，難以取得，我也早已做了準備。前面曾提到的三重埔建材行老闆沈水木，因經商失敗還不出錢，被流氓揍了一頓，決定偷渡日本。但是他付不起昂貴的船資，他的後母很疼他，來找我商借。我知道電信局的陳樹人、張磐石兩人的錢都寄放在戴科長處，戴科長則將這些美金放在局中的金庫，我乃向陳、張兩人借，並表示將負責歸還，戴科長於是連夜去開金庫，取出幾萬美金交給沈，我告訴沈「將來我赴日時，再將錢還我即可」。沈偷渡日本成功，並用錢買得「住在資格」（居留權），後來其妻也到日本去和他會合。

另外，我也拜託一個叫楊達卿的人帶錢去日本。楊是我的病人，在日本經商，穿著體面，有嗄龜（氣喘）的毛病。

在去指南宮的三天後，我便啟程赴日。一九五四年五月十二日的早上，我照常送小孩上學，對他們說「今天我要去日本」，就帶著大女兒前往機場搭機赴日。逼我提前赴日的李處長，後來因向一位觸犯了動員法的寡婦勒索金錢，又覬覦其美色，該婦女披頭散髮在總統府前攔街告狀，李處長便在遊街後被槍斃處死。

我到東京機場後，沈水木來接我，在他家住了一晚。第二天，我準備到神戶去，沈叫我等著，說去拿錢給我；等了半天不見人影，只見他太太出來，全身珠光寶氣、戒指、耳環帶了不少，她問明了原因，由鼻孔哼出話來說：「日頭赤燄燄，隨人顧性命。沈仔哪會有錢給妳，不必等啦！」我：「沈仔說過要還我錢，怎會不還？」沈仔六、七年來從事貿易，發了一筆橫財，不該不還錢。然而，沈水木終究沒還我錢。我氣得差點昏倒，想到來日本之前母親給我一條金鍊子作為應急之用，我還對她說「在日本有很多錢用不著，不必了」，心中有無限的感慨。後來有一次我在辦理出入境手續時碰到沈水木，他見到了我，臉孔漲得紅紅的，但仍舊不還錢。

我既然在沈水木處取不到錢，只好向楊達卿處去取，沒想到楊一再向我說「對不起」，他做貿易失敗，正在走路（躲債）。我的費心安排就在一夕之間全部泡湯，然而這並未打消我研究癌症治療法的決心。

我從電話簿中查到厚生省的地址，乃坐計程車前往。我向厚生省表示我是中醫師，來日本研究肺癌，是否可以到某家醫院進行研究工作。厚生省的關先生向我介紹位在大阪螢ケ池的刀根山病院，說這個肺病療養院適合我，要我寫了一張理由書，說明赴日研究肺癌的理由，由厚生省代為聯絡刀根山病院，渡邊院長接受了我到該院病理學教室旁聽。我便由東京前往神戶，租屋住在北長狹道口。刀根山病院的醫生都曾到海外出征，因此很疼惜外國人。有些病患經西藥治療無效，呼吸困難，十分痛苦，他們便將這些癌症末期患者改交由我來處方治療，依X光片所顯示的病情施藥。我讓病人服用「雙寶液」，服藥後，肺活量增加，咳嗽時間少，體重漸漸回升，有的病患還可以由人扶著走動，病況有所改善。半年後，渡邊院長打電話給厚生省，說可將「雙寶液」介紹到東京方面的醫院，於是我離開神戶，前往東京，準備上慶應大學。在未入慶應前，我原本要到橫濱醫科大學跟隨森山牛教授從事避孕方面的研究，橫濱大學已給我入學許可，連費用也繳了，沒想到他很快就過世了。

此時我的大女兒並未隨我到東京，而是留在神戶，進入英語學校，跟修女學英語；她住在校長家中，幫忙打掃、煮飯，而得以免學費。她在台灣原就讀靜修女中，本來六月就畢業了，但因五月隨我赴日，後來寫信給老師，取得畢業證書，才可以讀大學。

所謂「雙寶液」，是我命名的，是由金銀花（即雙寶），加上甘草（解毒）、桔梗（化膿、化痰）、當歸、元蔘（黑色，可去鼻後黏膜，空中雜菌）、抽心麥門冬（可潤肺化痰，麥門冬的心有毒，必須抽心），多種藥物熬製而成。如果喝雙寶液，再吃薏仁飯，則效果更佳。肺中積膿會愈來愈淺，顏色漸漸白，然後轉清。

通常西醫治療肺部的病，發現有痰時，往往用ephedrine壓痰，雖然能夠止咳，卻未能根治。我常引用中醫的說法「肺與大腸相表裡；心與小腸相表裡」，謹守藥性論「君臣佐使」的原則，大腸是肺之裡，要治好肺必須清腸，讓腸多蠕動，可以吸收養分，並且廢物得以排泄乾淨，不再產生新痰，接著再化去舊存的痰。蓄有舊痰會影響胸腔器官，患者胸部凹陷，甚至駝背。喝雙寶液主要的目的是讓患者多拉屎，清積水，減輕肺癌末期患者的痛苦。

渡邊醫生及指導我的小川醫生，將患者視為兄弟，常站在患者的立場考慮，他們見患者已經在等死階段，就對患者說「來自台灣的莊醫師要給你們吃漢藥」。我到橫濱去抓藥材，在住處熬好藥，裝入罐中，帶到醫院，然後以湯匙餵他們，患者都存著感謝的心接受了。在日本買中藥材的地方，除了橫濱之外，還有東京的日本橋。

我去橫濱買藥材時，遇到開餅店的李道軒，他的兒子、媳婦住在田園調布，在他的介紹下，我在該地租得原橫濱市長的房子，位在半樓，僅有一個房間。由李的介紹，我認識了就讀日本學習院、原「滿洲國」官員的張燕卿；並經由張的介紹，治療了其同學三島通陽的病。

三島通陽是童子軍總裁，日本學習院（貴族學校）出身，有氣喘病。他常服用西藥來強壓病情，漸漸地器官（尤其是肺部）為痰所阻，眼看即將不治，他的學習院同班同學已經打算為他辦理治喪。同學中有一位正是原「滿洲國」大臣的張燕卿，他本是來參加治喪的，突然記起有一位來日本讀書的臺灣女醫師在此，於是拜託我去看病。我向他表示，來日本的目的是讀書而不是幫人家看病，更何況又沒有藥，但他還是堅持要我去看看。我到三島家中，看他的肺都被痰堵住了，眼吊嘴開，我想到肺與大腸相為表裡，肺主氣、皮毛為表，腸為內，所以要治此症，應由腸子治起。我和張到橫濱買製「雙寶液」的藥材，雙寶液對清大便、腸蠕動頗有助益；三島服下後，吐一大堆的痰，接著放屁、拉屎，通便清腸後，肺部的痰就可以咳出來。後來，他的病情慢慢好轉，治喪委員會不必成立，我也因而出了名。日本貴族紛紛找我看病，一時應接不暇。

治療田畑正治的病是另一個例子。田畑被鳩山總裁命為奧林匹克總務局長，負責籌備日本東京奧運的工作；日本當時經濟不佳，需要靠奧林匹克運動會來恢復景氣，所以田畑是位重要人物。田畑個性急躁，患有高血壓，他去東大體檢需要一星期的時間，往往不到兩三天就從醫院逃了出來。當時有人找我幫他治療，我先是拒絕，後來在不得已情況下才答應，但是要他同意我所開的條件：當時我住田園調布，他住在奧澤，離我住處不算太遠，但有一段上坡路，我叫他每天由他家走到我家，然後在信箱放一張條子寫下他到達的時間。如果他可以做到，我就同意幫他治病。經過二十六天，他如約每天都來。我去他的住處做家庭訪問，看看廁所、睡房等等，瞭解他的作息、工作情形，才知道他常去一家料理店喝酒，帶洋酒、清酒，一定喝完一瓶，啤酒則必然是喝完一打，才開始談事情。我告訴料理店的老闆，以後他喝的酒，只要給一半的份量，再想多喝就加點別的東西好了。田畑先生性子很急，一支煙還未抽完就要點另外一支，把手都燻黃了。以前幫他治病的醫師都要他禁煙禁酒，我一律不加以禁止，只是份量減少些，而且要求他每天早上多走路，不要想事情，讓他很高興，後來他的高血壓就漸漸降低了。他就是那位在東京奧林匹克運動會將我國國旗倒掛的糊塗人，不過他對臺灣是十二萬份的尊重。他後來活到九十多歲才去世。

另一位杠文吉，任職原子力局局長（原子能委員會理事長），他的兄長因胃癌過世。他的毛病是胃不好，量不到血壓，體溫不到三十五度，沒有體力、脈弱、臉浮腫、心臟肥大鬆弛。中醫最怕這種現象，比發燒更危險。他有一次聽田畑在電台放送時，說他的病是莊醫生看好的，現在才有健康的身體，於是便託田畑介紹來找我。我給他的藥單是：老薑頭數塊切寸半，用金箔紙包起來放在瓦鍋（或狗母鍋）上慢慢烘，烘至沒有水分（如果有煙表示有水分）成炭，製造炭素。等一兩天後全涼才拿出來研磨成粉，加威士忌和糖，每天吃一點。再用當歸六錢、蜜耆一兩當茶喝。另用白胡椒七顆燉豬肚，加五〇〇C.C.的酒，燉好分成七份，每天吃一份。如此調理之下，約莫經過三年，身體狀況漸漸好轉，體溫也上升到三十五點八至三十六度。

他在妻子過世後，又娶了小他二十多歲的小姨子為妻。太太一直想生個小孩，她從結婚以後量了十多年的基礎體溫，排卵期很固定卻無法生育。經慶應大學檢查後發現問題出在先生的身上，杠先生的精蟲少而且無力，他吃了我的藥後身體漸好，後來妻子就懷孕了。那時我正要去維也納發表論文，由於他們太高興了，給每間我住的旅館都預拍一份電報，我每到一家旅館就接到電報，告訴我他太太懷孕的消息。後來他們為了感謝我，將出生的女嬰取名為淑子，現在淑子已是兩個小孩的母親了。

第八章

入學慶應，取得博士學位

中醫認為氣不通才痛，通則不痛；會痛才可醫，不痛則不可醫。我用雙寶液一則要使末期患者解除肚子脹氣，不能大小便的痛苦，二則使支氣管通，呼吸順暢。我以為：《傷寒論》的平衡理論和雙寶液可以解除癌症末期患者百分之九十的痛苦。

治好三島通陽後，他介紹同為童子軍本部重要人物、在朝日新聞社工作的二の宮順和我認識，後來他成了我在日本居留的保人。朝日新聞社的醫務室醫生土肥是慶應醫學部畢業，二の宮知道我想留在日本學習防癌、治癌，並想入學校進修，乃請土肥代為介紹。當時慶應的醫學部長是阿部勝馬，主持該大學的藥理學教室，而他正好是土肥的同期生。土肥乃打電話給阿部，並告以我用漢方醫好了三島通陽，目前要研究如何減輕癌症末期患者的痛苦。阿部喜歡中國漢藥，但他並不知道漢藥必須煎製，以為只是藥草。他一知道我研究漢藥很高興，表示可以無條件收我當研究生，這樣我可以教他漢藥。他要我提出「願書」（申請書），加上台灣的中醫師執照及土肥的推薦書。資料送入後，教授會審查十天左右即告通過，一九五六年，我以研究生的名義在阿部主持的藥理學教室工作。

阿部勝馬是以嗎啡來減少病人的痛苦，但我認為嗎啡讓病人體溫降低，產生昏迷的現象，只是叫不出痛而已，但肚子卻脹大，痛苦仍存在。我的辦法則是利用漢方使病人氣通，解除脹氣，減少痛苦，而得善終。阿部向來沉默寡言，交給他資料，他看時只是嗯嗯幾聲，一直到我拿到博士學位，他才對我說到：「莊君，おめでとう」（恭喜莊君！）

我為了報答這些對我有恩的人，每年中秋、過年都會去送禮，如今我已回台十幾年，而阿部、二の宮等人皆已過世，無形中就停止了。

在日本求學時，心中常有國家不強會給外人欺負的感慨，所以我很努力工作，力求表現。在慶應見到前輩，要對他們行最敬禮，並等聽到他們的腳步聲離開，才敢抬起頭來。做實驗時，前輩用完試管等實驗用具後都不洗，而我要用時，不但要洗淨才用，用完也要清洗乾淨。實驗室不大，只有五坪左右，因此必須輪班。這個藥理學教室有教授、兩名助教及講師，研究生共有十多人，依照排定的時間進行實驗，來去要登記時間，一些實驗用品則要用借的。

在研究室中有一位女醫德永友喜子，她是日本大藥廠藤澤製藥社長的親戚，東京大學醫學部畢業，到慶應來作藥理學研究。她會幫我的忙，做每日研究的內容。不過她這個人情緒起伏很大，每聞藤澤股票上漲，她這個股東就高興得在實驗室裡跳起來；如果股票跌了，則氣急敗壞，往往將一個月來的研究、只剩兩三天光景就能結束的試管弄壞，使得實驗全部泡湯，必須重來。這樣一個情緒大起大落的人，後來在一次洗澡時中風，倒下來成為植物人。

我和她曾進行「難聽」（重聽）實驗，辦法是用和人耳鼻反應較接近的貓來作分組實驗，以與人用量相同的金黴素（kanamycin）注射小貓，會造成耳聾的效果；而另一組沒有聽力障礙的貓，只要拍手，牠們的耳朵接受這聲音會動一下。我們將貓分成兩組來觀察：一組是吃罐頭魚，魚中放藥，一日餵食三次，其中又分出一部份以我自餐廳要來的大魚頭，煮熟加藥給貓吃，但在藥中加了漢藥即甘草（中和藥的副作用）及黃柏（使耳的粘膜不受損）；另一組則是吃藥。如此處理後，發現注射的一組會耳聾；吃魚罐頭的即使加糖中和，仍然會重聽；餵吃加了漢藥的金黴素注射組則無事。我們也觀察貓的糞便，將貓糞曬乾、月照、凍露後再來實驗。

實驗用的小貓養了幾百隻，這些貓都來自區公所。原來區公所放有籠子，讓養貓者將不想養的、剛出生未開眼的小貓放置在此，讓有意收養的人自由取去。為了要照顧這些貓，我們雇一位歐巴桑。貓養在頂樓，我常利用晚上吃飽飯上樓照顧貓之際，大聲喊著媽媽，以解鄉愁和對小孩子們的掛念，我擔心孩子們是否和人打架？健不健康？功課好不好？不過這不能多想，我還是得打起精神來從事研究工作。

從我住的田園調布要到慶應大學上課的路線有兩種：一是走路到巴士站，坐巴士去；另一條路線是坐東橫線到澀谷，再轉山手線到代代木，再轉中央線。後者交通費較為便宜，但通勤時間較長。

在日本做實驗、寫博士論文雖然辛苦，然而最感痛苦的還是有關日本居留權的問題。我以出國就醫的護照赴日，日本方面的規定需要六個月簽證一次，最多可延長三次。但中華民國駐日大使館則不給予延長，而要我回台灣軍法處服刑三年。中山正男是個善心人士，常到學校詢問留學生有何困難，然後設法幫忙。他至慶應時，我告訴他有在住的問題無法解決，他遂找日本平凡社社長下中彌三郎，由他請我負責執筆寫百科字典中的漢藥部分，然後下中以我雇主的身分，和我及我的教授，到位於麻布的駐日大使館保證，即便如此，仍無法獲准延期。此事一直到張厲生任駐日大使後，才有了轉機。

張厲生就任中華民國駐日本大使後，每年固定請一些日本名流（十人）吃飯，其中三島通陽也在列，不過他有兩年都沒去。第三年他出席了張大使的宴會，當張大使致詞之後，席間有三位先生起來講話，第一個便是三島通陽，他先說前兩次無法來，是因為身體不好，但經莊醫師的治療後，已恢復健康，才能出席第三次的宴會。接著田畑正治、杠文吉致詞時也提到我的名字。張大使非常驚訝，何以一桌人中同時有三位提到一位來自臺灣的女醫師，而他卻不認識。餐後，他立刻到大使館（沒回去隔壁的官邸）調閱我的資料，才知道我赴日的理由是出國就醫。

事實上，我在日本的居留十分辛苦，雖然有保證人，及幫忙編藥學百科字典需留日的正當理由申請延期，但中華民國大使館既不讓我延期（因為我被判刑三年），甚至連護照也不還給我。因此，每個月我必須到日出入國管理局去延長居留，總是由朝日新聞社企劃部的二の宮順作保，經常要拿我在慶應做的研究報告，和他的財力、身分證明書、關係理由書才能過關。

張厲生大使看到我的資料後，就到慶應大學找到我的教授，表示要見我。我那時也不知道他是誰，以為他要來抓我，不肯見他，告訴教授說等我研究完成後再去。後來，我的教授說服我去見大使，沒奈何便硬著頭皮去見他。張大使說可以給我護照，不過要兩個臺灣來的人作保，我告訴他，華僑一看到留學生都怕我們找麻煩，哪裡肯幫我作保，他說他自己幫我作保，我隨即謝謝他。但這一辦理，便耗了十三個月，等我拿到護照時，已經透過其他管道先拿到日本在住身分，而那時我正好要去維也納。

我之所以能拿到日本的外人在住資格，主要是靠當時日本出入國管理局局長高瀨侍郎的幫忙。高瀨曾任日本駐緬甸大使，他母親因乳癌住院慶應，經我幫忙處理。後來，他的夫人又因胃癌住院慶應，當時她疼痛得很厲害，恰好我在值班，我用薑汁三〇C.C.、加酒一〇〇C.C.及熱水，用毛巾熱敷患部，並炒了一斤鹽，用毛巾包著，熱敷她的肚臍，使她放屁，以減輕她的疼痛。那時候我掛了名牌，所以她知道我的名字。翌日，高瀨來探望太太，太太便告訴他我幫忙的經過。高瀨來向我致謝，知道我是臺灣人，我告訴他我沒有在住權，每個月要向出入國管理局提出在慶應研究的資料，才能再延期。他問我有沒有護照，我告訴他沒有護照，並面有難色地說「可不可以不要護照」。後來高瀨自己為我作保，我遂以無護照的身分取得在住資格。否則，在日本沒有護照、沒有在住資格是犯法的，一旦被發現，就會被當成犯人，由設在出入國管理局法庭內的法官審判，將犯罪罪名、觸犯的法條寫在牌上，貼在胸前照相，而以此照片貼在居留權證明上；如果要由甲地到乙地，都必須另外申請，才得以前往。

幾個月之後，張厲生來找我，見我已有在住身分，便寫信給總統府秘書長張群，說我在日本工作認真。張群寫信鼓勵我，並請總統准予我特赦，我於一九六三年十二月十三日寫陳情書交由中華民國駐日大使館，經外交部轉國防部呈轉總統府，總統府雖答覆，要我先回國再行特赦（日領（53）字第一二七九號），仍於一九六五年，頒發特赦證明書給我。我因此得到特赦，是第七號（見後），在那之後我才有護照。我得到的特赦狀，是當時保安司令彭孟緝發給的，內容如下：

國防部特赦證明書

（54）察廳字第〇〇四號

查莊淑旂現年四十五歲，女性，係台灣省台北市人，前因妨害國家總動員法案件，經前台灣省保安司令部依法判決處以有期徒刑三年褫奪公權——茲奉總統五十四年四月六日（54）台統（二）達字第零二九零代電核定准予特赦免除其刑之執行等因

合依赦免法第七條之規定由本部發給證明書以資證明

參謀總長　陸軍一級上將　彭孟緝

中華民國五十四年四月二十九日

以後我在日本為國爭光，彭送給我一個匾額。上面寫著：「莊理事長大著出版紀念」、「心存濟世」。這個匾額代表我在日本的努力受到了肯定。所謂的「大著」是指《青春を長もちさせる生活と食事（青春永駐）》一書，在此書的發表會時，日本駐聯合國第一任大使加瀨、第二任大使赤谷都來參加。當時的駐日大使馬樹禮也曾寫「慈懷仁術」四字相贈。

我居留日本雖有如上述諸般的辛苦，但後來的取得日本在住權和中華民國護照，都經過貴人的幫忙，也是出乎意料的事。回顧我人生道路上的峰迴路轉，也頗耐人尋味。

解決了居留問題後，再談談在慶應的研究工作。我主要仍是研究雙寶液，以動物（兔子、猿、羊）做實驗，有別於在刀根山以人體做實驗。西醫講究解剖學，然而死人與活人有很大不同，更遑論動物與人的差別之大。我撰寫論文的臨床數據，係來自動物的實驗，這使我感到有些不安，但我的指導教授阿部先生說「先通過論文，其他的研究以後再說」。這一年正好是給予論文學位的最後一年，隔年即改為課程博士，因此須把握時間。

一九六一年一月十九日，通過博士學位後，我將論文投到藥理學論文雜誌上，但因此論文是關於漢醫，該會不接受，阿部教授遂要我趕快翻譯成英文，投稿給國際藥學總會。要在維也納發表的相關英、日文稿，都是指導教授阿部的學生野呂講師幫的忙。不久之後，就收到該會拍來電報，內附機票、投宿的旅館名稱，邀請我去維也納發表論文。論文題目∧中國傳統の家庭食醫について∨，主要的觀點是中醫認為氣不通才痛，通則不痛；會痛才可醫，不痛則不可醫。我用雙寶液一則要使末期患者解除肚子脹氣、不能大小便的痛苦，二則使支氣管通，呼吸順暢。我以為，《傷寒論》的平衡理論和雙寶液可以解除癌症末期患者百分之九十的痛苦。

另外，我認為人可以與癌共存，如我在慶應醫院時，常需要救助癌症患者和交通事故傷者，曾有一個賣魚的老人，因車禍導致內臟破裂，血流太多，送到醫院時已經死亡，必須予以解剖，以瞭解其身體情況；解剖後我們發現他的胃、肝、腸長滿了癌細胞。當解剖結束後，我循其留下的住址找到老人的家，詢問其家人老人平常的生活。據家人說：老人今年五十六歲，活動力強，到去世前為止沒有生過大病，連感冒、腹瀉、肩膀僵硬都沒有聽說過，每天都很有食慾，活力充沛，傍晚五點左右要喝五〇〇C.C.的清酒，吃生魚片，不吃飯。早上三點鐘去賣魚，回家後洗過澡、睡覺，吃一碗半的飯，吃肉、菜，每天過著規律的生活。由此可見，人若是飲食平衡，即使身體長了癌細胞，仍可與癌共同生存。治療癌症最好的方法是提高其抗體和自癒力，給予信心，使身體平衡，也許可以治療，或者相安無事。

現在醫療主張的早期發現早期治療理論，我並不很贊成。我的三女兒、女婿及幼子都是醫生，學的是西醫，所以觀念和我相左。我也請幼子再生以X光照射來瞭解病人積痰、積水的情況，逐日記錄其各項數據，及治療的情況，使我發明的雙寶液有更多臨床的證據，有利於推廣此一藥方，以嘉惠患者。可惜的是，再生對我給他的建議不感興趣。

中、西醫在觀念和治療的方法上有很大的差異，如西醫分得很細，中醫則認為理、氣、脈是相連的；又如，西醫最怕發燒，一發燒就用抗生素來降溫，以後抗生素對病體就無效，若再發燒怎麼辦？中醫最怕不發燒、不叫疼者，不叫就不能醫，就不能由叫聲找到病人究竟那個臟腑有病。中醫治病不外是找到氣及利用平衡的理論。

西醫是由解剖以及動物實驗來做醫治疾病的對策，然而被解剖的死人和生了病的活人並不相同，因此，由解剖得到的知識是否能治病，我有些懷疑。再者，又如將田雞的心臟取出來看其跳動做實驗，人的心臟和田雞的心臟相差不可以道里計。

我曾不想做這些我覺得沒有用的實驗，但教授卻勸我繼續以西醫的方法做研究，不論有無效果，先完成博士論文後再說。又，西醫分科太細，沒有想到身體關聯性的問題；中醫則不然，認為「臟腑雖各自位置，而膜（網紗）腠（薄）則相連」，換言之，人是一貫的，治病應就病人整體而診，不能只注意局部。另外是西醫用單方的問題，我個人則認為複方較為合理。中醫下藥不僅視患者病情做各種調理，對藥材的選擇也很重視。就金銀花來說，每個國家金銀花的成份不同，花萼、花苞或開花時期成份也不同，對利尿的作用就有差異，因此選藥材時，採藥材的時機問題也不能稍有疏失，這是一門大學問，我愈瞭解就愈怕、愈謹慎。中醫大都是人體實驗，不能稍有疏忽。反觀西醫，頭痛醫頭，腳痛醫腳，如果同時得了幾種病，肚子必然變成藥櫥。

我個人不用中藥加西藥的處方，但患者服中藥之外，再吃西藥，我也不禁止，因為我的處方是增加病人的抗力，兩者基本上是並行不悖的；西醫是做消極的治療，中醫做積極的治療。事實上只要病人產生抗力，病狀自然會不藥而癒，不必再加醫治。以白鼠來說，實驗時分成兩組，一組是缺維他命C的，一組則是多維他命C；經注射維他命C反而促使一組的白鼠速死，因為牠們不需要，其實只要自小腸助其自行吸收維生素C即可。

未到日本以前，我不知西醫在治癌上有何秘方，及至瞭解後認為西醫比中醫還差。中醫施藥先由單味，一味一味地做，由動物加植物，然後再一一實驗，複方才會出來。一面增加抗力；一面施藥治療，增加抗力就好像要去拜訪人，先要打招呼，送點禮才成，才不會受排斥。當然如果不送禮，偶一為之亦可收成效，但長期下來是不成的。中醫將病分為陰陽急慢性，我個人不敢學急症，怕一時之間無法找出病因，而耽誤了治療時效。

有一些西藥都由漢藥抽離而出，如阿利那命，治氣喘的藥 Ephedrine 則取自麻黃，此外維他命、鐵劑也都如此。通常抽出成份後，先檢查其成份高或低，用炭素脫色後就成為藥，但這些都是單方，而我研究的是複方，就是如何依病人體質將幾種不同的藥（食物加植物）加以合成，以便有助其病情。比如說，麻黃湯或加石膏、甘草、人蔘、紅棗則沒有副作用，像有些中藥都要加甘草，即是取加甘草沒有副作用的特性，因此甘草又被稱作「甘國老」。

我個人認為治病要透過兩種途徑，一是培養病體的抗力，如此施藥才會有效；其次是施以複方，有回我在學校和教授談到這個問題，他聽了很高興。舉例來說，有一種脹氣的原因是小腸套入大腸中（腸套疊），非常難受。當不能通氣時，肚子就會愈脹，小腸既脫不出，會一直便血，若血不止就會死亡。遇到這樣的情況，我的對策是，以一分大黃加二份甘草及十分冷開水沖泡，將之一點一點地滴入口中，慢慢地會使腸開始蠕動，由不動、微動、小動到大動，最後會有「波」的聲音，一下子小腸就脫出大腸，不必開刀。

下藥最主要的原則是看病人有無抵抗力，身子是實或者虛，沒有抵抗力的人不會生血，脾會脹，如戰爭中得瘧疾的人都會脾脹；又如小孩虛弱，不時拉肚子、感冒，這時必須以動物的內臟加肉類及植物來培養其抗力，視其需要所給的方子叫「調劑」。如要小孩開脾，要以小腸煮四神。女孩較常會面黃肌瘦，胸部發育不全，這時要以腰內肉煮四物。我到維也納發表博士論文，其中一部分就在談論這方面的問題，在場的三千多個專家才知道中國藥方如此奧妙。

漢藥中有補藥，這是漢文化中基於春夏秋冬不同的節氣，而選在立春、立夏、立秋、立冬進補。立冬補藥叫做「六一歸耆」，即羊肉半斤、當歸六錢、蜜耆一兩，再加老薑四兩，一起燉煮。如果將羊肉易成鱸鰻（野生溪鰻）更好。如果窮人要進補也可以燉米糕加酒、水、龍眼乾（一人兩粒）；或加紅棗，要用赤砂糖較好。如果有脹氣就加一個桔子餅亦可。至於立夏則用東洋蔘煮田雞，要先去「五尖」，即嘴尖、四隻腳尖、去皮、內臟，只留肝與肉燉湯，也可加紅棗，喝湯。至於田雞則是野生的田蛙比養的田雞好。吃了這個湯的人就不會疲勞、不會累。另一個菜是冬瓜盅。切下冬瓜頭部分，將其中的肉去掉一些，加雞、蝦、香菇、荸薺、蛋、肉，再加胡椒、鹹橄欖粉、太白粉，放在冬瓜頭內，包起來燉三個小時後即可食用，這是夏天的聖品。瓜類較冷，是夏季的好食品，如絲瓜、冬瓜、西瓜、小黃瓜等，但南瓜則不宜食用，吃了會脹氣，肩胛會酸。

我取得博士學位後，先到「國立公眾衛生院」作研究，當時我的教授石橋幸雄先生是胃癌研究者，他在研究中發現癌症並非馬上就會發生，而是累積長久以來的疲勞及情緒無法解除、控制而衍生，其病灶經過歲月的滋長，遇感冒則易發作，逐漸成癌。所以平常要注意是否在四、五次感冒後有老化、惡化的現象，如臉皮鬆弛、無彈性、皺紋多、臉上有腫有凹、有黑斑等等，這些都是老化現象，然後產生記憶力逐漸減退、抵抗力衰弱的情形，最後終於成癌。再者，五臟六腑哪個部位最弱、最易疲勞，則易為癌症侵入、著床而茁壯。石橋教授研究胃癌多年，開刀治療過的病人多達千餘位，其中有心臟麻痺的、車禍受傷的、健康病變等不同病例。除了臨床研究之外，石橋教授都會對病人做長期的追蹤，紀錄其病情，故他在胃癌領域方面，頗有研究成果。

之後，我成立了「財團法人國際體質改善研究會」，而其成立過程，頗有一番挫折。

第九章

防癌，人生大事

臺灣人罹患癌症的種類，以鼻咽癌和肝癌最多，以下幾點習慣可以減少罹患癌症的機率：慎防感冒、設法消除當天的疲勞、每日做宇宙操；婦女則還要勤量基礎體溫，注意生理期的保健。

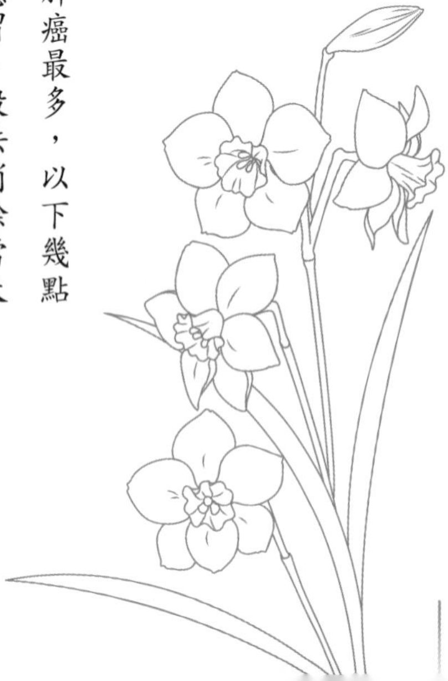

在臺灣，我有中醫執照可以行醫，而在日本，我雖取得博士學位，卻無法從事醫療工作，只能從事醫學研究，所以我決定要進入較專門且進步的癌症研究中心。當時慶應大學並無研究癌症的組織，只有築地有國立癌症研究中心，和朝日新聞社五十週年紀念事業之朝日防癌協會，因此，築地國立癌症研究中心是我唯一的目標。

於是指導教授阿部勝馬及三井本家的三井高遂幫我寫了介紹信，三井高遂是我的病人，他寫信給久留勝所長，久留是以三井本家提供的學費而完成其醫科教育，時正任職癌症中心總長。沒想到，癌症中心拒絕了我，主要的原因是我沒有醫師的資格。受到這個挫折，我整整哭了一個星期。有一天，我忽然想：何不自己成立一個防癌研究基金會，請東大、京大、慶應的名醫做顧問，來做臨床及基礎研究，建構基礎調查和治癌有效資料。我若進了癌症研究中心，只是去其中一個部門，若成立超越各學院門派的基金會，則可以總其長。

指導教授認為是個好點子，鼓勵我進行申請。我打電話到東京都公益單位，請他們指導申請事宜，他們派了兩個人來教我如何填寫資料、選擇合適的銀行等事。一切料備齊後，我找了十個理事、評議員，就提出申請。這其中有飯島登當評議員，他曾任腦科石橋教授的助教，另有研究胃癌的第一高手黑川利雄，每日放送社社長高橋信三、朝日新聞海外部支店長窪川雪夫、高島屋支店長仲原利男、原子力局局長杠文吉、京都製作和服腰帶的社長矢代仁兵衛、某大自働車社社長中村榮一郎、日本奥運總務局長田畑正治、神戶萬國博覽會設計師小谷正一、三井家的三井高遂、台灣旅日華橋周祥庚、朝日生命會社健康管理院院長後藤重彌等十幾位。從準備到成立基金會，前後只有三十六天，相對於三井本家的申請案四年來尚未核准而言，這算是很快了。這是臺灣人第一次在日本成立的基金會，我也還保留有成立時的小冊子。我在這基金會擔任理事長，任命平山雄為疫學部部長，做最基礎的調查工作，其項目以日常食衣住行為主，另外也包括：

一、婦女來經前、中、後的基礎體溫。
二、婦女產後有無坐月子。
三、婦女流產後有沒有調理。
四、男人性生活與癌症之關係。
前後共調查了三萬六千人，這是一份龐大的資料，希望能用中國醫學理論加以解說。

中國古時候的醫書將癌稱為「岩」，屬陰症；當其發生時不痛，卻會漸漸長大，硬如岩石。一得了這種陰症，中國醫學原理是只能疼愛長出來的東西，千萬不要去刺激它，以保持五臟六腑的平衡，讓它平安生活為宜。同時，重視正常細胞的生活，時時刻刻來養它，慢慢地感化它，使它不好意思，會由來處自行離去，終至消失，這是中醫治癌的對策，到了癌症末期，中醫也無藥可救，只能使其氣通，減少其痛苦。我泡製的雙寶液係針對呼吸器官如肺癌，來減低病患的痛苦；至於要通氣則可以吃「養腎散」，這是由動物與植物中抽出液體製成，以減輕病人癌症末期的痛苦。

至於要徹底瞭解癌症的成因與對策，必須做種種的調查，如個人的體型（環肥燕瘦）、生活習慣、性生活、運動神經、飲食習慣（如日本人喜肉，但不吃皮及內臟，吃生魚片、納豆）、上廁所是坐式還是蹲式等。像日本人的性生活由於只有障子（紙門）隔間，怕被家人聽到而閉氣，沒有充分發洩，這是最傷身的。

再說到基金會的籌備工作包括幾個方面，一是建立可資參考的資料，一是籌募基金，一是結合人才。

首先，為了取得重要的參考資料，以便瞭解世界各國的研究情形，加上中國家庭日常生活醫學的看法，必須做問卷調查。我先蒐集相關資料，再做成自己所需的表格，光是表格就改了幾百次。其中有關免疫學的部份我不知如何統計，幸好有我在一次學會會議中認識的東北大學瀨木教授主動地、不厭其煩地教導。表格設計好後，我一面繼續東亞診所的業務，一面請免疫學、醫學專家幫我們做各種調查表。

在籌募基金方面，我認識日本生命保險協會會長的春山定，他同時也擔任朝日生命保險公司社長，底下還有二十個分社。我向保險公司籌錢，他們較能配合，因為只要減少投保人病故的機率，他們即可賺錢。在宣傳方面，則由朝日新聞及每日新聞幫忙。至於召開發表會，則透過百貨公司如高島屋，他們除了提供場所外，也負責企劃和出錢，百貨公司顧客中有人加入會員，也可定期讓有癌症患者的家族互相討論。

一九六六年，在萬事齊備之下，「財團法人國際癌體質改善研究會」成立了，由我擔任第一任理事長。成立後每一年有好幾次發表會，不僅將一年來推廣治癌研究成果公諸於世，平常也常利用百貨公司或其他地點教育民眾做菜脯、杏仁豆腐，或是防癌宇宙操等。而日本的九月是「がん征壓月間」（征服癌症月），在這個月中我們也有些配合的活動。由於這個基金會從日常生活著眼，對癌症患者給予有效的指導，達成了日本和台灣兩國間的親善，因此得過獎狀。

「財團法人國際癌體質改善研究會」最重要的業績是先後做過三萬六千個問卷調查（體質改善健康相談生活調查表），以瞭解日本人生活習慣與健康的關係。問卷發給的對象有三：一是高島屋的會員，一是贊助我研究計劃的生命保險協會的二十社保險公司客戶，一是癌研究中心病人。我分析這些問卷，得到許多有關健康與保健結論，有利於癌的防治與症狀改善；同時也抓到了治婦女之病，首先要做基礎體溫才能瞭解病因的要訣。

人的健康多半與荷爾蒙的分泌有關。像婦女的疾病就與生理期的處理、照顧不當有密切的關係。首先，日本女性在初潮（轉大人）時，父母常未加以特別注意。中國人在女兒轉骨時，則會重視祭告祖先，煮紅豆飯或米糕，燉公雞、四物，教導相關的衛生常識（如來潮時不要洗頭等）。日本人對女子的生理期的處理未特別注意，又好食生冷之物，不知保養，因此導致許多婦女病。

其次，日本婦女生孩子，沒有中國人坐月子的習慣，產假大約只有一個星期，沒有好好休息即去工作；墮胎更是完全不休息，這是最傷身的。尤其有的女學生懷孕後，不敢告訴父母，常自己去墮胎，不休息就去上課。流產的處理如果不謹慎，會將子宮壁刮壞（有的人甚至刮了七、八次），子宮壁一薄，稍不小心就會出血，後患無窮，到了更年期以後，更是麻煩。一般婦女到更年期時，大抵和先生辛苦了半輩子，已有些成就，小孩也大了，正是可以享受人生的時候，許多人卻常因荷爾蒙分泌失調發生毛病，如乳房弱就會得乳癌，子宮弱則易得子宮癌。

至於男性，常因單身赴任，沒有正常的性生活，使內分泌失調，則容易得胰臟癌、攝護腺腫大或攝護腺癌，尤以地位高、很忙碌、睡眠不足的知識份子最容易得這些毛病。攝護腺腫大的原因，主要是生殖器官沒有充分刺激、活動，我為了預防此症，發明「金冷法」，即男性在洗熱水澡後睪丸生殖器變軟，再用一桶冷水加冰塊去浸睪丸生殖器使其變硬，這時再入熱水浸泡變軟，如此重複做三次（更多次亦無不可），有如三溫暖，可給予充分的刺激，即可預防攝護腺肥大或攝護腺癌。

台灣人罹患癌症的種類，以鼻咽癌和肝癌最多，以下幾點習慣可以減少罹患癌症的機率：慎防感冒、設法消除當天的疲勞、每日做宇宙操；婦女則還要勤量基礎體溫，注意生理期的保健。通常自身有抵抗力，則有外因並無妨；但若內部不行，再加上外因，則必更糟。正如吸菸，愈疲勞愈想抽，結果是壞了身體。

記得報紙上曾經刊載一則有關美國國務卿杜勒斯與癌症研究的故事。杜勒斯曾批准某一癌症計劃經費，他知道癌症的研究必要而且迫切，需要長時間與大量的經費，乃在申請的經費數目上加一個零。十年後，杜勒斯得了攝護腺癌，他住院時，進行癌研究計畫的所長兼院長，要為他注射嗎啡，他扯去醫生的針筒丟掉，並說你十年前和現在一樣，只能用嗎啡止痛，沒有研究出有效的治療方法，該院長當下就辭職。杜勒斯之所以不願意注射嗎啡，是因嗎啡令其頭腦渾沌，對病情並無幫助。可見癌症的治療十分不易，預防遠比治療要來得重要。

一九七二年，日本政府承認中華人民共和國，和中華民國斷交。那時最後一任駐日大使為彭孟緝，斷交降旗後彭要離日，他到日本外務省做最後的拜會，沒想到當時的外相大平正芳卻讓彭在玄關等了許久，不予接見，我看了很難過。平時我們和日本是國對國，現在情況不同了，當時在日本的留學生看到國旗降下來，心情都受不了。我在ＮＨＫ新聞節目中，得知台日斷交消息後，立刻趕到國際癌體質改善研究會，沒想到我耗時多年完成三萬六千人的調查表和其他有關資料，均已被藉斷交混亂之際侵入的人燒燬。我到樓上想拿金庫的印章與錢，也已被人家拿去，連書桌都被扛走了，我看了十分傷心。這批有用的資料我尚未加以統計分析、發表，只是對調查的結果有些大致印象。資料被毀讓我心灰意冷，十年的心血，要再重作問卷調查幾乎不可能，所以無法做成正式的論文發表。好在當時看過這些回來的問卷，有大略的印象，我以後所提出的保健方法，也是根據這些印象，思索解決某些病痛的方法所得。

後來，我才漸漸瞭解：基金會的遭遇是內神通外鬼所造成的。基金會中有一位事務員，原來是不錯的人，準備一輩子都在會中服務，因台日斷交而失望透頂，被人趁虛而入說動了，才造成裡應外合的情形。其中一位醫生理事，甚至在幾個月後寫信告訴會員說：「莊博士已不做了，但她的處方全都是我在管理，如不嫌棄的話可以直接找我。」我猜測他在破壞基金會這件事情上一定扮演相當重要角色。然而其他的日本理事也十分不齒破壞此會的人，他們就出面來收拾善後，並向我致歉！不過最後我只能自己寫一封致理事公開信，表示結束此會工作。

台日斷交對我的衝擊相當大，心中一直不平衡，日本人說變臉就變臉，加上基金會被毀，讓我無法再有為日人奉獻、服務的心，甚至難以決定是否留在日本、回臺灣、或去外國，這個問題讓我思考了好幾年，這期間我也曾帶母親一起去環遊世界，整理思緒。我覺得當今世界的醫學並沒有長足進步，發表的學說既不具體、主題又分散，今日說對的理論，幾個月後又被推翻，到底要如何才能對人類有幫助？此一問題常縈繞在我的腦際。

這期間我主要是擔任《主婦の友》的醫學諮商工作，賺取生活費。另外，還經由生命保險公司介紹，擔任三個大公司的醫療顧問，一是位於京都，矢代仁兵衛主持做和服腰帶（西陣織）的商社；一是大倉恭主持的ヘンミン計算尺株式會社，他們專做小計算尺；另一為宮崎輝主持的旭化成（纖維公司）。宮崎也曾贊助過癌體質改善研究會。通常一年間所有應履行的義務是：到公司演講兩次，一次對象是社員，教他們自己如何保持身體健康；二是對社員眷屬演講，教他們如何在飲食生活上照顧社員。當時還有十幾家商社，如東洋某化學株式會社都要聘我當顧問，但我忙不過來，只接受三家。

就在這個時候，母親和太太都因癌症過世的日本出入國管理局長高瀨侍郎來找我，他看我結束癌體質改善研究會，就鼓勵我另起爐灶，他願意幫我取得日本籍或任何形式的日本居留權。

我是臺灣人，不會拿日本籍，我心中盤算著那天要用自己的名字來發表有關醫學的論文，替國家增光。高瀨告訴我「那就辦永久居留權罷」，我接受了他的建議，準備辦理永住權的資料，而於一九七七年取得了日本永久居留權。

「國際癌體質改善研究會」結束後，於一九七七年成立「國際抗癌家族協會」，我是該會代表者，此會在翌年改名為「國際家族防癌協會」，主要的原因是參加者認為當時的研究尚無法抗癌，找不出病因，因此不再聲稱「抗癌」，而改為較柔性的說辭，即「防癌」。

我在東大時也曾和石橋教授一起研究免疫的問題。我們所研究的是如何對癌症產生免疫的能力。據研究的成果顯示，癌症的發生是細胞產生異常的變化，為了克制其蔓延導致死亡，西醫採用殺死癌細胞的方法，而在此過程中，也會損及正常的細胞，結果是不但病情未能控制，反而加速癌細胞轉移，最後則不治死亡。外科部每天至少要為四、五個病人開刀，有時開刀後，發現癌細胞已經蔓延，便不予以切除，即將傷口縫合。其中有一些案例是病人以為已經開刀成功，出院後到鄉下居住，反而平安無事地活到老。

再舉一例，我在慶應時有位女同學，某天，她在飯後用手抱著頭、腳踏在實驗台上，忽然看見自己腳趾的大拇指上，長了一塊米粒大的腫瘤，便嚇得面容失色。我則告訴她：其實在五、六年前，我早就看到它了。這位女同學的父親也是醫生，得知此狀況後，立刻給她做病理檢查，發現是癌，於是決定開刀。當時怕癌細胞蔓延到其他部位，所以考慮究竟要從何處切除？是自腳掌、膝蓋，還是整隻腳切除？最後決定自大腿以下切除。不料手術後一個禮拜，癌細胞已蔓延到腦部，不久就去世了。這個同學對防癌工作十分熱心，不僅出力、也出錢，她的辭世，實至為可惜！

石橋教授專攻胃癌，他將癌切片，清洗磨成粉，加重碳酸鈉（重曹）將它注射到身體的各部位，看這些部位是否能產生免疫力，以阻止癌細胞的蔓延。然而，這一切努力卻都白費了，經開刀手術而死亡的癌症患者有幾千人之多。由以上的例子可以得知：開刀治癌並不有效，反之，沒有開刀也不一定活不了。

我在東大時，主要是在外科病房工作，研究癌症如何再發，再發有何痛苦？這些觀察研究使我對癌症的看法有了某些調整。我以前認為癌是會遺傳或傳染的，後來發現此二者皆不可能，只不過因為家庭環境相同，若家族中有人得癌，其家族成員得癌的比例也來得高一些。舉例來說，祖母做菜的味道為其孫兒所熟悉，吃成習慣後，其他味道就都不吃；如此一來，常吃同樣的東西，生活上會產生不平衡，不平衡則易導致疾病。這也就可以解釋家中一旦有人因此得病，處在同一環境的家人也容易生病。我父親喜歡吃肉類，不吃蔬菜；我先生則恰好相反，喜歡吃菜、不喜歡吃肉，偏食使得營養無法均衡，遂成為致病之源。

防治疾病最重要的是從日常生活做起，一點也疏忽不得。如果身體有異狀，而此異狀本身能安分守己，只要給它些微營養，就不致惡化，又何必一定要將它切除，而是應該增加體內的免疫力較為重要。

「財團法人國際癌體質改善研究會」一星期或一個月就會舉辦一次研討

會，如在一九六七年召開的座談會中，是以「がんを語る——體質と生活を中心として」為主題，參加者有癌研附屬病院院長黑川利雄、日本對がん協會專務理事朝日新聞顧問笠信太郎、東京醫科齒科大學教授上野正、慶應大學醫學部教授慶應がんセンタ——診療部長山下久雄、東京大學醫科學研究所助教授飯島登、赤坂東洋醫學クリンニック所長財團專務理事桑木崇秀，我則以財團法人國際癌體質改善研究會理事長的身份參加。在那次座談會中，我提出：雖然如其他參加者們所說癌症有遺傳性，在此條件下，如果再加上外在環境——換言之，即有了內因，再加上外因，就可能產生癌症。因此，對付癌症除了直接治療外，還要加強身體的抵抗力。

黑川利雄教是有名的「集團檢診」研究者，他為了瞭解日本人患胃癌比例高（高居死亡率第一位）的原因，以求防治之方，常在凌晨出發，在鄉下農人尚未下田的清晨三時，展開レントゲン（X光攝影）的拍攝工作，有專人負責檢查、統計，並馬上將片子洗出來，研究者分門別類研究。據黑川的研究，日本人得胃癌偏高的原因和飲食習慣大有關係：

一、吃魚喜歡用烘或燻，焦了會產生炭素，使胃液、胃壁萎縮，而產生病變。

二、沒有細細咀嚼即下嚥，吃完再配以冷水（曾檢查胃中的食物，還可看到未咀嚼過的醃漬蘿蔔）。

三、喜歡吃甜、鹹夾雜的食品。

改變飲食習慣，可以降低罹患胃癌的機會，另外冰箱的發明使食物不必用太多鹽、糖醃泡，對胃有幫助。在這計畫完後十年，日本的胃癌已不再高居死亡率第一位；目前高居第一、二位的是子宮頸癌、肺癌。

至於肝癌的成因有二，一是暴飲暴食；二是情緒壓抑，所謂的「思慮傷心，怒氣傷肝」，正是這個道理。我先生脾氣很好，沒有罵過任何話，但這也表示他的情緒沒有發散，最後死於肺癌。現在一般說法則稱B、C型肝炎帶原者為肝癌的危險群。

除了黑川教授外，東大的市川教授也從事防癌的研究。他是第一位以人工方法培養癌細胞的人，他以柏油塗在兔子滿佈神經的耳朵上，使其皮膚無法呼吸，長久下來，該處皮膚就會腫起來，形成癌細胞。此一研究對瞭解皮膚癌的成因，有很大的幫助。另外，國立癌症研究中心（位在築地）的負責人久留教授，亦致力於癌症的防治，該處有基礎和臨床雙方面的研究。

我認為癌不是遺傳病，得癌原因與治療的方法尚未發現，但是已可知某些體質與體型容易罹患，若再受到外界刺激就更容易得癌，要研究出癌症的治療法恐怕還要一段很長的時間，目前唯一能做的是自己管理日常生活，有了健康的身體，癌症自然不會發生，因此這個防癌協會主要是藉由書信指導藥單及烹調方法，吃出健康。

「國際家族防癌協會」這一組織不是以財團法人的方式成立，只是民間團體，不需要向政府正式申請登記，參加人數有二萬多人，其中不少是家族中有人得癌者，成員比以前基金會人員還熱心，有的家族三代都來義務幫忙，包括醫師、營養師、保健師、家庭主婦，其中有個五十三歲的婦人，丈夫死於四年前，她每天以淚洗面，知道這一協會後，才認清光是悲歎沒有用，應該早點查明病因及治療法，自己應該出來幫忙。此一組織不收會費，而是接受自由捐贈，僅部份工作人員有薪水，其餘都是義工。我將這些義工分組，比如說分成冷えやすい（易寒）、胃下垂、生理中、妊娠中、產後養生法、更年期の樂いすごし方（如何輕鬆愉快度過更年期）、子宮筋腫、がんと共存（和癌共存）等組，如果說期間有人來信，他們就自動分信，然後交給該組人員，並整理出患者的症狀，分成已開刀、未開刀，再開會檢討，將做好的指導卡交給患者，指導他們一些保健、改善症狀的方法，例如睡覺前要如何消除一天的疲勞，徹底清洗牙齒、肛門，以及塞入脫肛的方法。另外，癌症致死者固然有許多，但因癌症併發症致死的也為數不少，譬如癌症患者最怕感冒，要如何才能避免感冒？每天早上起床，先用手掌互相摩擦生熱，用手摀嘴，避免吸入冷空氣、打噴嚏，就不會感冒。我們並做個案追蹤，檢討對策的效果與指導的過程，再決定下個步驟。

目前日本四十七個縣市，每一縣市都有一個分會，每年有一次「勉強會」（讀書會），勉強會的內容是由唱會歌開始，然後由我指導他們一些必要的運動與處理辦法。義工一旦學會了，都很喜歡教人。除了每縣市一次的勉強會外，每年九月，還在東京召開一次大會，我每年都要親自去主持。我要求接待人員必須穿旗袍，甚至替他們訂做，有些理事相當看重這個會，即使赴國外旅行，也會及時趕回來開會。這個防癌協會主要是提倡預防醫學，同時也希望增加病人的免疫能力，使其自己能抗癌，協會目前還在持續運作中。我想把這一套辦法在台灣實行，如今已經被政府核准了。

我的想法是先找二十一縣市的縣市長，作為發起人，當然也希望每個縣市都有一個據點，由有愛心的癌症患者或其家屬來協助最為理想。這套辦法，必須和政府單位密切配合，如衛生局——公共衛生的問題、教育局——基礎體溫的問題、社會局——工作時間、社會調查，展開相關的調查工作，並將資料輸入電腦。每一年我在台北訓練一批義工，經考試合格後，發給證書，就可以在各縣市指導更多的人，而我也要做些指導卡，作為準備。

經由我們指導而病情獲得改善或病癒的人為數不少，我接觸過幾個具體的例子。

有一天，防癌協會的義工接到一位女子打來的電話，然而由於對方太激動，只是哭泣而說不出話來，一連幾個義工接聽都沒能使她說出問題所在，最後把電話轉到我手上。我告訴她：「我是莊博士，我知道妳說不出來，但是妳一定要說出來，免得延遲救人的時機。」她終於說出原委，因為她大姊的兒子正在手術台上抽脊髓，哭得很兇，而且有痙攣的現象，她看了很傷心，要我救他。這個小孩因為發燒到四十度，送到醫院一連治療好幾天，高燒仍不退，醫生乃建議抽骨髓看看是否為腦膜炎，也發表對病情悲觀的診斷。我要她安心，叫她去買日本白酒（類似台灣米酒，酒精濃度二十五）十二瓶，放在燉桶內保溫（到醫院的浴室，用鍋蓋蓋上，燉熱），加上十分之一的薑汁，用毛巾浸過，然後由手腕上一寸半之處包住病人整隻手掌，毛巾冷了馬上再換熱的，指尾及指甲兩邊要搓揉、替換，一直燙到手都紅了。換三次毛巾後，病人痙攣現象即消失，接著放屁，等他抽完了骨髓，溫度就下降了。再到日本百貨公司買蕎麥粉（五百公克一包），加三個蛋白，攪拌到蕎麥粉可以成團為止。先用油紙、外包紗布，將粉團包在手心、腳心，每天早上換一次，三天後就退燒，肚子若覺得餓，就可以吃薄粥了。到第七天，這小孩在家人的陪同下來向我道謝。蕎麥粉與麵粉的成份不同，這種療法主要是使其氣通，分散病人的熱度，以提高其免疫力。

另一例是有位年輕人西村先生，他自小腎臟就不好，臉色發青且浮腫，小學四年級的初秋，因過度疲勞而休學三個月。高一時，經診斷為慢性腎炎，住進大醫院，休學了一年。這時他不僅腎臟不好，心臟、胃腸、肝臟也弱，因此一切運動皆被禁止，食物也受限制，每天過著無精打采的日子，不但渾身無力，而且睡不好，身體情況很差，治療上也吃了許多苦，但都無效。高中畢業後，到東京唸大學，光從住宿處到學校就覺得很吃力了。後因教授的介紹來找我，告訴我過去的病情，以及希望能有健康的身體。

我告訴他，首先要注意飲食，飯前要休息，要吃卡路里多、但不造成胃負擔的豬肚蔬菜湯。還有：

一、早起做體操（聽廣播做），即使十分鐘也好，要做拉力擴胸器。

二、早上或下課後，一天合計步行一小時以上。

三、可以運動，冬天可以去滑雪或溜冰，也可以喝啤酒。

他原本就喜歡運動，小學時跳遠曾拿到第一名，也喜歡棒球，因此決心試試看。每天開始早晨的散步，回住宿處後安靜地躺二十到三十分鐘，開始吃早餐，此外，還喝豬肚湯，再去學校。下課後也儘量走路回住宿處。豬肚湯是將四分之三個豬肚用鹽搓揉，切成一口大小，將蘿蔔和紅蘿蔔磨碎的汁各加一杯，約煮三小時，所以不是那麼簡單就可以完成的。每天晚上七點到十點左右，用小火煮，因為其量只夠維持一天，所以每天都要煮。連學校放假回鄉時，都先將做好的湯放入熱水瓶中，才搭電車回去，不曾間斷過。從大一的秋天到次年的夏初，每天實行，約八個月之久。到了六月底，我笑著告訴他：「你已不是病人了，你的身體很健康。」八月時，他試著與朋友到北海道旅行，也玩棒球。三年級到四年級，與朋友搭夜車到長野縣時，才相信自己已完全康復，跟朋友一樣有健康的身體。他畢業後結婚，目前已為人父，工作站在販賣的第一線，為促銷而忙碌，積極地過日子；生意愈是競爭，健康愈是本錢，他曾因應酬通宵打麻將，但一發現快感冒時，就儘早把它醫好，現在仍持續做早上的散步和拉力擴胸器，沒有吃任何藥，卻很健康。如果精神上自尋煩惱，胃腸活動也不會好，所以說，健康管理是自己的責任。此人因為積極地過著充滿朝氣的日子，才能邁向事業發展的路程。

七十四歲的牙醫師中田先生是另一個例子。他是像美容師和理髮師一樣，長時間站著工作，常說腳的關節痛，自五、六年前膝蓋就會酸，但不同於神經痛，而是隱隱作痛，所以一直覺得長時間站立是件很辛苦的事。

由於不知是風濕症或痛風，他就去接受全身檢查，但診斷結果，心臟和肝臟都正常，沒有任何地方不好。也聽了別人勸告，去做按摩。那時確實情況有些好轉，但不久又開始作痛。旅行時，無法隨心所欲地上下車站的階梯，到了景色優美的地方，只能折回。在家中最怕的是爬樓梯，因為不能用枴杖，只好用手扶著一層一層地上上下下，一點也不自由。

在接受我的指導後，我並沒叫他把三十年來晚飯時喝酒的習慣改掉（他常在晚飯時喝日本酒三合），但因為攝取過多的水分對腎臟不好，所以我要他注意這一點。後來，他把多年來鑽進被窩後、喝放在枕邊的生水或汽水的習慣改掉了。

其次，我叫他戴腹帶，因為下腹突出時，在體型上會帶給腳和膝蓋過多的負荷，而戴上腹帶後，腰部就會挺直，很舒服。如今膝蓋也不痛了，爬樓梯到四樓也不算什麼，不知不覺地也就忘了枴杖一事了。

藥劑師川村小姐又是另一個例子：川村常生病，就診的醫生說是先天性的虛弱體質。小學時，上課日數大約只有三分之二，上了中學後，體操時間也是在一旁看的時間較多，也曾經在上學途中發生貧血現象，月經時特別厲害，一天會貧血二、三次，常需要在學校醫務室休息。然而照心電圖並沒有異狀，自己也不知道是什麼原因。

她來見我希望能改善情況。我告訴她說：「胃脹氣，往上推，會壓迫到心臟，不要吃涼拌菜，生菜與麻油炒過再吃。將重點放在早餐，晚上八點以後就讓胃休息，也要控制水分。」她自以為是為了美容而吃的生菜，對其體質而言，反而成為胃的負擔。以後她改變生菜的吃法，也少喝喜歡的紅茶，結果鼓起的胃竟然凹下了，月經期也不再貧血了。

另外我也教她在月經期間疲倦時吃的紅豆作法。也教過她將紅棗六、七顆割開，浸在水中一晚，早上放在開水中煮三十分鐘，加入少許粗糖，會帶點甜味，在早餐前吃，這樣會讓身體暖和。

此後她能依自己身體的狀況控制飲食：疲倦時不吃不易消化的食物，避免造成胃的負擔，並控制水分。不知不覺間，她臉上的浮腫消失了，腰圍變細，體重由五十二公斤減到四十八公斤，也不再貧血。

也有一位家庭主婦石原女士，她在幾年前因為腎臟而引起高血壓，背部長脂肪、身體笨重、走路困難、講話也不清楚，所以懶得開口。住在附近的女兒和女婿也替她擔心，請我教她健康法，我告訴她：「晚上洗澡時，大聲地唱喜歡的歌。不要睡在柔軟的床上，要在榻榻米上舖薄的被子，把背部伸直睡覺，枕頭要低。吃飯時不要吃泡茶飯，也不要吃鹹烹海味等口味濃的菜，飯前、飯後休息十五分鐘。為免增加腎臟的負擔，每次水分的量減少，並分好幾次喝。由於內臟下垂，所以要穿緊腰衣。」我教她踮腳，練習背部伸直走路。其次練腹部的屈身運動，不論早晚，想到時就多做幾次。並且以加蜂蜜的蓮藕湯取代白開水，床舖也改為又薄又硬的被褥。又請她女兒和孫子們常來看她或邀她出去，製造許多談話的機會。因為身體能夠自由活動後，心情較為舒暢。漸漸地，她也能早上早起準備早餐，送走丈夫後，精神十足地做完家事，傍晚再以快活的面容迎接丈夫回家，過著與年輕人一的規律生活。

另一個例子為某縣知事平松先生。他原來在東京通產省工作，因工作關係常常遲歸，使其妻晚上還要操勞，後來妻子得了胃癌病逝。當時兩個小孩才十多歲，認為父親是導致母親早亡的罪魁禍首，因此心懷怨恨、甚至想殺父親。後來防癌協會的義工知道這件事，將兩個小孩帶來我家，請我得空多予關照；甚至長大要結婚時，協會的人還在旅館教他們婚後性生活的相關事情。後來他們視我如母。

平松與我們交往，絲毫不會因為他的地位高而擺架子，後來彼此熟得像家人。我到當地去推行改善體質、防癌等工作，教女學生量基礎體溫，也傳授性教育，讓她們不致懷孕要去墮胎，不敢告訴父母，沒有休息就去上課很傷身體。這些教育獲得良好成果，教過的學生考大學成績也都不錯。該縣在日本是推行縣政最好的一縣，李登輝總統很看重平松推動的「一村一品」運動（即每個村都有一種特產，無論是食物或手工藝等均可），想找他來談談。數年前，平松來台，他有兩個目的，一是和高雄縣締結姊妹縣，並作演講；一是慶祝李總統當選，以及和李總統見面。原本總統府表示只能安排二十分鐘會面，哪知見面後彼此講話投機，居然談了三個多小時。我也將平松演講的帶子寄給李總統。平松辦完正事後，在第三天設宴招待我們全家。

第十章

健康管理及諮詢

我幫他診治時，知道他不能吃油、肉、鰻魚，我要他在飯前休息，並做活動，先由抓手、拉耳、按眼眶、後腦，再動動腳，如此氣通，就不會消化不良，於是病情開始好轉，解除了胃癌的陰影。

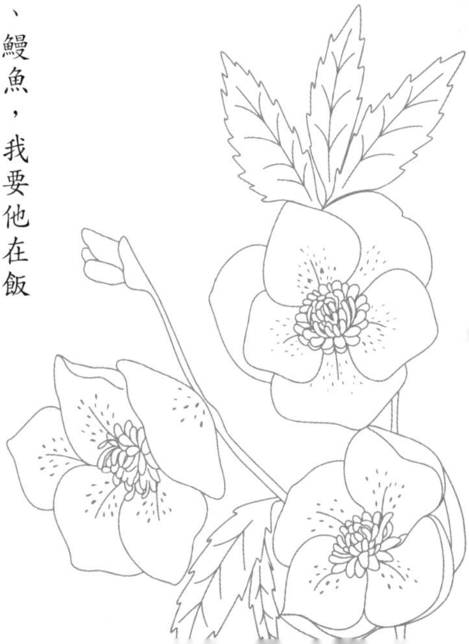

在日本，《主婦の友》是一本銷路不錯的雜誌，社長是醫生，與高島屋企業關係密切。一天，《主婦の友》社長和高島屋社長去拜訪阿部教授，之後高島屋社長請我一起去開會，原來他想開設一個健康諮詢中心，請一批醫生來擔任諮商工作，問我願不願意參加，並且表示如果我不加入，他就不想成立中心。阿部教授勸我接受，後來我答應了，前後在此中心工作了十三年，而且是其中第一位漢醫。剛開始時，我在每個月第一個星期四擔任「症狀體型改善指導」，主要指導一些擔心自己的體質，或想培養體力的人；原則上改善體質即在防癌，當時之所以不說「癌」這個字，是因大家談癌色變的緣故。想要來諮商的人，必須寄一封信，寫上住址、姓名、年齡、性別、諮商科目、簡單症狀，附十五圓郵票寄給「主婦の友諮詢室」，等待我們通知安排好的諮詢時間，每次的諮詢費用是三千日圓。

我有自己的諮詢室，並有兩位護士協助，諮詢者事先要填寫設計好的健康狀況表，內容包括到醫院去做各項基礎與主要症狀檢查，到了安排的時間，護士再與當事者核對一次，將不足的部分補入，並量體溫、體重。每個人諮詢的時間只有五分鐘，所以我必須預先看過諮詢表，見到諮詢者後，簡要詢問即可給予處方（漢方）及生活注意要項（諸如盅粥的煮法等等，逐項印成卡，視需要給予幾種卡），再經由護士向諮詢者說明，即完成諮詢工作。

《主婦の友》找我作諮商，除了因我與高島屋的淵源外，也由於我常向《主婦の友》投稿。每年我看的病人總高居諮商醫師群的第一位，後來我將諮詢名稱改為「がん體質改善相談」，諮詢者鎖定為害怕得癌的人。今年日本發佈的健康統計數字，癌症罹患率為十五年來最低，可見推動防癌保健已有具體成效。我希望能在台灣將癌症防治辦法教給老師，由老師教導學生，再由學生去引導家長，十五年後也許台灣癌症罹患率也會降低。

一九七〇年，我在《主婦の友》出版了《青春を長モちさせる生活と食事（長保青春的生活與飲食）》一書，沒想到在短短不到三個月內，就發行了

四十五版，每版二萬本，共計九十萬本；不到一年時間內，總共發行二百萬本。這本書之所以如此暢銷，有好幾個原因：

一是有各方面知名人士的推薦，如醫師石川數雄、前防癌基金會的理事和監事、日本放送協會、高島屋支店長、成人保險等保險公司人員的推薦，以及寫在書皮外面的こし（指加在書皮外推介的腰帶）。

二是書中有一些體驗的實例，如元宮內次官白根松介的〈しようが汁で高齢者のかぜをなおす（薑汁治療高齡者的感冒）〉一文，很能吸引人。

三是藉由仲原樣等高島屋支店長，和其他與百貨業相關的好幾個百貨店之友的聯繫，這些店號也直接向《主婦の友》購買。

四是有保險公司規定，只要保險費超過一千萬圓的人就致贈一本，號稱本書是「東洋一健康作戰書」，而造成暢銷。

五、這本書騰出許多頁介紹料理的方法，並大量地使用彩色照相術，介紹實型、虛型的料理和飲料。

我幫《主婦の友》寫這本書時，他們的策劃對外徵求書的封面設計，因原先採用的人體設計圖案及書的顏色，給人太多討論「性」的暗示，我認為自己所強調的是健康，這個設計扭曲了我的本意，尤其我是一位孀婦，所以不願意用這個封面。雖然封面已經印好了，但我還是堅持要更改，後來封面設計換成了水果圖案。

這本書版權是賣斷的，《主婦の友》給我百分之十的版稅，我將它捐給基金會，後來覺得《主婦の友》賺的錢太多，而我寫書的目的，是為了基金會需要穩定的收入，不能只靠捐款，所以第二本書《防止感冒的生活智慧》即決定由「國際家族防癌協會」自己出版。原先預計要出版八本書，作為《中國醫學シリズ（系列）》，可惜因種種因素而無法達成。

另外，我在《主婦の友》出版了《Chinese Health Foods（中國人的健康食品）》一書，共介紹了二十種菜，採用一照片、一說明的方式（亦即一張食品的照片，附上一頁該料理的做法）。這本書主要在赤坂王子、帝國等國際觀光飯店出售，銷路不錯。有臺灣的朋友告訴我，外國朋友向他推薦此書，說吃了這些菜後，身體變好了。

除此之外，我另有一本以英文出版的書名為《健康太極拳》。出書固然可以弘揚我的醫學理念，但是個人的健康管理、使病人恢復健康，才是我最願意做的工作。

有個名叫年子的婦女，二十五、六歲生了一個女兒，兩三個月後得了乳癌，她的親戚是順天堂的外科醫生，為她開刀切除右乳，不多久癌細胞轉移到左乳，只好去做化學治療，沒想到白血球降到一千以下，沒力量可以支持。她的父親在日本橋開「志平漢藥店」，我在慶應時常向他買藥，他求我幫忙救他的女兒。我要她量基礎體溫，結果正常，顯示荷爾蒙的分泌沒有問題，但她又吐又瀉，醫生判斷只能再活兩三個月。我遂建議她再設法懷孕，可藉此調整體質，她的家人乃召開會議，第一個月反對，因怕懷孕使癌症惡化。我勸她賭一下，第二個月她仍然不肯，這期間我讓她服用六味丸、清燉蓮子湯、粗糠燉粥、煉熬豬肚濃湯補身，第三個月她終於決定設法懷孕。說也奇怪，她的癌細胞竟然停止生長，病況不再惡化，後來順利產下一子，用只剩一邊的乳房哺育，後來她又生了個女兒。這道理在於懷孕與哺乳改變荷爾蒙分泌，促進正常細胞生長，抑制癌細胞發展。不幸的是，年子後來得了癡呆症，須人照顧。她的小女兒比哥哥早結婚，所以由我們國際家族防癌協會成員的義工，幫忙其子找到一位對象，為養護學院畢業的女孩，婚後就在家照顧婆婆。他們結婚那天我去參加，新郎倌一再謝我，說他的生命是我賜給的；他在第一次領到薪水時，就包了一個大紅包給我表示謝意。由於這位媳婦照顧病人有經驗、又有耐心，年子的癡呆症已有好轉。

我也曾是日本池田前首相醫生團的成員之一。池田最後一次競選時已罹患慢性喉頭癌，幾乎無法說話，但不肯聽勸退選，他說自己為政治而犧牲生命在所不惜。為了選舉，醫生團對外宣佈他只是喉嚨發炎、稍有不適而已。我勸他不要所有的場合都親自出場，訓練別人代替他，自己只出席重要場合即可，但他辦不到。後來他雖然當選，病情卻急速惡化，無法就任。他入院做放射線治療，兩頰黑而深陷，牙床外露，咽喉很緊，無法進食，只得在喉部插胃管餵食。他要我去看看，我並不想去，極力推阻，因為我所見過的他是位器宇軒昂的政治家，而不是躺在病床上無助的病人！但終於拗不過他的請求而去看他。他見到我以後，在一張紙上寫著「みず一滴」（一滴水）。一位堂堂首相，竟病到連想喝一口水也沒辦法，真是可憐！由於無法由口中進食，缺少唾液、水分的滋潤，口內已經潰爛。我泡了一碗鹽水，先花了一點時間清洗他的嘴，再用棉花沾水滋潤嘴巴和喉嚨，水一入口，他頓時看來神采奕奕，十分滿足的樣子。三天後，他與世長辭，他的朋友石坂聽我說及此事，抱著我的肩膀大哭。

一位首相人生最後的渴望，竟然是一滴水。人生真如一場戲，無論如何，身體的保養是最重要的。

已故昭和天皇有位侍官名叫白根松介，是我另一個患者。當他九十七歲時正預計要慶祝鑽石婚（結婚五十週年紀念），不料在此兩個月前，忽然得了感冒，用了三十多種抗生素都沒辦法使他退熱，他的家人來找我。當時我與母親赴美為第三個女兒靜芬生產做月子，原先預計停留一個月，但由於女兒比預產期晚十多天才生，因此歸期必須往後拖延。正在這時接到了電話，要我速回日本幫白根治病。

白根的祖父是咽喉癌、父親是胃癌過世，因此在年輕時，就有一種自己遲早會得癌症的恐懼。二十年前白根被皇宮醫院的醫生斷定是胃癌，再經赤十字病院（紅十字會）的診斷亦如此。胃癌必須開刀，但他太太不答應。我幫他診治時，知道他不能吃油、肉、鰻魚，我要他在飯前休息，並做活動，先由抓手、拉耳、按眼眶、後腦，再動動腳，如此氣通，就不會消化不良，於是病情開始好轉，解除了胃癌的陰影。

我到他家的臥室看他，據家人說他一直昏睡（台灣民間稱為「著睡蛇」），我為他把了脈，發現這是要發散熱氣的，西醫卻用抗生素來壓，使它發不出，高熱才退不了。於是我要他家人用一杯米加七小杯水來燉稀飯，另準備鹹薑（用味噌醃的）、菜頭、牛蒡（用豆醬醃的）、紫菜等容易下飯的配菜。在準備食物時，我用老薑汁一碗和米酒（薑的一半分量）加熱，來為他擦背，並且刮痧，一直到他的肩胛骨變成暗紫色為止。然後，用力抓其頸後根。經初步處理後，稀飯也煮好了，慢慢餵他吃下去，吃完則躺下休息，我在他的背後墊毛巾，然後不斷地刮他的手腳，他則不停地出汗，一共溼了七條毛巾。

當晚，我回到家中，半夜還打電話去問「おじいさん（老人家）的病情如何」，答稱不在。經找尋的結果，原來他已能自行去洗澡。到隔日早上五點

時，我再度打電話問おじいさん的情況，再度回答說沒看到，原來他燒已全退，在花園澆水掃地，已經康復了。

到了五十週年結婚紀念日那天，他發表感想時，謝謝我治他的病，說他原本無法參加，但莊博士讓他的背「喝燒酒」，才好過來。原來此紀念日如果新郎不能參加，有人建議夫人（新娘）找人代替新郎，或新娘自己慶祝，夫人表示不能接受。おじいさん病好了，這個問題也解決了。

千葉縣的澤井因子宮癌動手術，開刀之後肚子痛、腰酸、脹氣，非常不舒服。她來向我求助，我教她三個要點：一、千萬不可提重物。二、飯前休息。三、以紗布綁肚子之法，用七層紗布自下腹纏繞肚子，直到肚臍下；到橫膈膜五層。一天三次，飯前解開，飯後再綁，洗澡時解開，夜裡睡覺時不用綁。其作用是托高下腹（和束腹的作用不同），由於使用紗布，故它比托腹帶較能通氣。這個方法也可使腹部開刀者感覺舒暢——手術時有部分神經被切斷，因此肚子會冰冷。內臟下垂者亦可使用。原先澤井依其症狀，只能活三個月，經我調理，又活了好幾年，後來因感冒引起肺炎而過世。

東京的小原因肺癌轉移，開刀後呼吸困難，他的妻子很會照顧他，找我諮詢。我教她讓小原在飯前休息，並且幫他依下列的方法按摩：一、讓小原的手臂抬高過肩膀，她以左手握住小原手臂內側，使其肩胛骨突顯出來，再以右手按摩其肩胛骨，接著用四根手指由上往下，按摩脊椎骨。二、抬高小原的手，按摩其腋下淋巴。我的飯前休息主張，就是由這個病例想出來的。回想以前我先生病重時，還不知道以此法來減輕其痛苦，心裡覺得很難過。另外，我也教她用新鮮的蓮藕磨汁（一日的份量是人體重每二公斤，就用一〇C.C.的汁，若非蓮藕的季節，可以在中藥店購買乾蓮藕煮汁），靜置一會兒，使其沉澱，用浮在上部清澄的汁液，凍成冰塊；等她先生口渴時，讓他在口中含此冰塊。因為小原當時不會吞嚥，若喝水，會噎死。小原本來是做會計的，後來調養到會寫字，又可以回去工作了；幾年之後，因感冒而導致肺炎去世。

照理說，我當醫生應謹守職業導德，可以說出病情但不能提及患者姓名。上面提到的例子，是經過本人同意將其病情及治療經過和世人分享，因此我可以說出他們的名字。

第十一章——來去東瀛，醫病也醫心

我治病的方法，不僅在瞭解病情、對症下藥，更強調瞭解患者的生活習慣。在觀察許多病人的情況後，發現許多病都導因於生活習慣不良。這類由壞習慣所造成的病，可由改變日常生活習慣著手來治療。

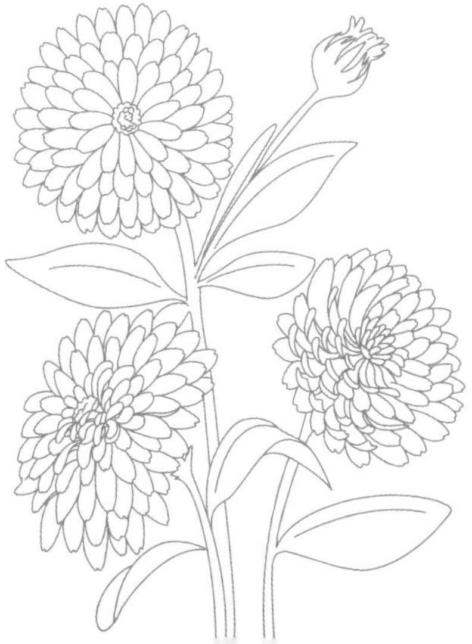

我初到日本時，確實遇到不少困難，像我去日本前只會一點日語，到日本後才學，最初與我的日本教授只能用筆談溝通，相當辛苦。

再以租房子一事來說，我先找房屋仲介幫我找到房子，屋主一聽到我是留學生，就不肯租，因為留學生往來無定所，房子常常租了二、三個月就退租，而國際電話費是一個月後才收費，萬一留學生打了不少國際電話、費用未付清就搬走，屋主就要吃虧了。後來認識朝日新聞的崖川雪夫、二の宮順和三島通陽，經他們作保，我才能順利租到房子。四十年前在日本做留學生是相當艱苦的。

我剛去日本時，不會日語，不熟悉日本環境，但我安分守己、努力學習，調查疾病的現象並加以分析，用心照顧病人，在精神上鼓勵他們，得到日本人的好評價，才會這麼快出名。

我在日本時，往往不知道放假、過節的日子，不過，日本的某些良好風尚的確有值得借鏡之處。舉例來說，十月的「盆踊り」，此祭典常在屋外空地或公園舉行，左鄰右舍會為了這次的舞蹈，加強聯繫與練習，有效地團結鄰里，守望相助。又如某些節慶時，看到日本男人頭上綁染著日の丸的頭布，穿上當令的服裝，在街上拖撵，這些活動都是正當而且值得提倡的。不過日本晚間的電車上常看到喝得爛醉的人在車站呼呼大睡，或者在路邊隨地小便，看起來怪怪的，這也是其另一面。

過年時，日本女人總將屋子清掃得乾乾淨淨，在公司擔任高階的長官，必有屬下來拜年，一直等到該來拜年的人來過了，才可以出門；我在日本期間，年節時也必定到慶應的教授家或學校拜年。一年一度的掃墓節，日本人也視為大事，可以說一整年中都在準備，如費用、交通設計、買票等等，以免臨時措手不及。

日本人對於值得去做的事相當認真。有一次，我被邀請到外地做一場演講，自新聞報導中得知演講當天會有颱風來襲，因此提早一天半到達演講地點，以備萬一，沒想到聽眾們也提前到達，將當地的旅館預訂一空。日本人很好學，不會因為颱風就放棄他們認為值得聽的演講，這點滿值得敬佩。

日本人在生活細節上很有秩序，如進門時脫下鞋子，一定擺好，不會亂放。日本男人則十分大男人主義，不帶鑰匙出門，非要太太等門不可。我有一位女病人，先生是高島屋支店店長，他要求每天晚上回家時，太太一定要等在玄關開門，太太通常從九點多即在玄關等門，常常等到十點。有一天他沒準時回家，太太一直等，憋著尿也不敢去上洗手間，到了十二點多終於忍不住進了洗手間，正要解尿時，突然聽到先生用腳踢門的聲音，她怕深夜吵醒鄰居，趕快出來開門，卻就此尿不出來，痛苦萬分，先生因此求助於我。我眼見他太太淚眼婆娑，便當機立斷，叫她把鑰匙給我。我轉交給她先生，告訴他：「以後回來自己開門，以免再度發生類似狀況。」我治病不僅要醫好病人，也要消除發病的因素，因此對病人生活細節相當重視。

日本男人也不下廚房。我有一位散步友人名叫鮫島純子夫人，她有許多朋友退休不久都得了老年癡呆症，問我是否有辦法預防？我就告訴她洗筷子是個辦法，將幾根筷子合起來搓洗時，腳自然會用力站住，手使勁揉搓，加上耳朵聽到水聲的刺激，讓大腦活動，比較不會癡呆。但她不敢要求先生洗筷子，我乃替她轉告，沒想到她先生很高興地去洗筷子，並感到很舒服。其次，我要他洗碗，碗有座、有緣，洗時會刺激手指尖的末稍神經；擦桌子時，用力將桌布往左右擦，這些手足末端的運動均可預防癡呆症。第三、晚上吃蛊粥。煮法是以洗淨（不去皮）的白蘿蔔研磨擠汁，以一公斤體重用一克的蘿蔔汁為配方，蓋起來燉，滾後以慢火燉一小時即可食用。平時也要多散步，散步時走一直線，抬頭挺胸，提肛收下腹，大腿內側用力，使肌肉堅韌，手的搖擺前三後四，這樣配合起來調理。如此六年後，他的脹氣、大便不通、腰酸等老毛病均告痊癒。

當這位朋友結婚五十週年紀念日時，他不開慶祝會，卻集合了八十六對他當過證婚人的夫妻，來聽我講述養生之道。他還省下開慶祝會的錢，事前自行寫一篇「あいさつぶんしよ」（問候信），介紹我對疾病防治的看法，順便附寄問卷表，由這八十六對填寫，看看哪一種疾病較多，當天我順便將問卷加以分析、說明。聽過我的演講後，這些男人對不下廚的觀念均有所改變，反而拜託太太讓他們做點家事。如此一來，慶祝他鑽石婚的朋友，都獲得有益健康的資訊，使他覺得很滿足，認為這是最有意義的紀念方法。

日本人排斥漢醫，也認為漢藥是迷信，經我一再提倡，由減輕癌症患者後期的痛苦，到家庭醫學，漸漸地使他們改變對漢方醫藥的觀念。我在日本要推動漢方一段觀察時期。有次想吃水蜜桃，但時機不對買不到，於是就買水蜜桃罐頭，基於好奇心，我也買了不同種類的水果罐頭，吃起來卻發現味道全都相同，原因是各種不同水果卻用相同的調味，以致缺少原味，而我喜歡原味。從此我漸漸觀察日本人的飲食習慣，發現他們不吃帶皮的東西，在超市販賣的肉都切成一片片，我想吃豬腳、豬肚、豬皮都買不到，雞頭、雞腳自然也不賣。日本人愛吃的味道是甜與鹹，不吃原味。我看日本每年的死亡率以何種病為多，再看其發生的季節，將這些現象聯想起來，思索他們得病的原因與對策。因此，在西藥沒有辦法醫治某些毛病時，從病人的飲食習慣下手改進，以治療疾病或減輕癌症末期的痛苦。俗話說「入境隨俗」，我藉著瞭解日本人的飲食生活習慣，制定治療病人的對策。

我到厚生省去查日本人每一年消費米、麥、糖、油、鹽的用量，及死亡病歷。我認為死亡率高低，不僅是看統計數字，還要注意個別差異的問題，如東京人、京都人、北海道人的X光片就呈現出不同的情形，東京人較平常，但許多京都人的胃都下垂，落到骨盆腔，因他們平常在冷飯上加熱開水、調味料食用，久而久之，便造成胃下垂。北海道人則因天氣冷，吃辣多，因此眼睛紅，且多染痔瘡。日本人是不吃皮的民族，皮膚必然不好；又不吃內臟，所以沒有耐心，而且心胸狹窄。瞭解了日本人的民族性、各種食品的消費量、不同氣候時的發病率、死亡年齡等等，才能對症下藥，在調劑時增減藥量。

我治病的方法，不僅在瞭解病情、對症下藥，更強調瞭解患者的生活習慣。在觀察許多病人的情況後，發現許多病都導因於生活習慣不良。這類由壞習慣所造成的病，可由改變日常生活習慣著手來治療，例如對身體有害的食物，雖然無法立刻不吃，但可以逐漸減量少吃；自己不想吃卻對身體有益的食物，則勉強吃一些。如此持之以恆，並請家屬配合，經過三年以後，即可漸漸改變症狀、體型、理念與生活習慣，靠自己產生抵抗力來改善病情。所以，我對一個病人往往要追蹤調查，知道他的生活習慣確實改變後，才能放下心來。

外國人（西洋人）吃牛肉、牛油、喝酒，又是另一種不同的類型。

就臺灣來說，山地人沒有坐月子的習慣，婦女在即將臨盆之際，仍挺著大肚子，頭上掛個竹簍子（放置物品）走下山來，及陣痛開始，小孩誕生，他們先將胎盤吃掉，再自己咬斷臍帶，替嬰兒綁好肚臍，就一起到河邊沖洗，這是她們的習慣。

張仲景的《傷寒論》中即指出，東西南北氣候不同，要有不同的方法去應付不同氣候、相異的風俗習慣。

戰後五十年來，臺灣人在疾病方面也產生很大的變化。戰前臺灣人體力消磨大，工作過多，營養不夠，因此瘧疾、肺病、貧血的毛病多；戰後物質生活改善，卻又形成貪食、偏食的壞習慣，導致營養不均衡，或營養過剩。又因電氣化，家中勞動少，運動不足，睡眠太多（飯後多睡傷脾），便產生如心臟大、血管硬化、腰酸背痛、肩膀酸痛，這些都是文明病、懶惰病。既然光復前後有這樣的差異，施藥對策就該有所不同。

現在子宮肌瘤患者多，主要原因是沒有注意生理期間的衛生、以及電冰箱發明之故。以前女孩子轉成大人時，長輩會拜拜告知祖先，並燉雄雞給女孩吃；此後「好朋友」來時，不能吃生冷的東西及洗頭。現在則沒有這些忌諱，打開冰箱拿冷東西吃，子宮就已經冷到了。一般而言，子宮的溫度高於體溫一度，遇冷則會收縮，對身體不好，又內分泌最怕的就是冷。舉例來說，從前子宮出血、不收束時，備一桶冷水，將那婦人的頭髮散開浸水，子宮因冷即收縮，如此出血量就漸少了。此例也說明了頭皮冷也會影響子宮，因此「好朋友」來切忌洗頭髮，否則會有子宮膿腫的現象。

喜歡吃零餐或甜食的女孩，我都勸她們將這些東西放在一個罐子中，到「好朋友」來的時候，情緒不穩、想吃東西時，再將罐中的東西拿出來食用。平常吃太多甜食不好，但經期不同，它有排除污穢及促進新陳代謝的功用，如果能以小紅豆加老薑來燉，燉到紅豆裂開最好，再加烏糖。豆子的份量，是體重一公斤豆一公克，薑則十分之一為原則。坐月子時，以女寶加同份量的黑糖，可以幫助子宮恢復收束，這些道理都相同。坐月子期間，如果好好調理，是可以改善身體的狀況。某位華視新聞主播原來有腰酸的毛病，每次她播完新聞，必須要慢慢地才能站起來，經坐月子調理後，這個毛病大有改善。現在她一播完新聞不僅可以馬上站起來，而且看起來精神飽滿，腰肢也細了，能穿短裙。

現在女性長子宮肌瘤，不得不開刀割除，到更年期必須打荷爾蒙針，殊不知此舉容易長乳癌或腦瘤。人生短短，有權利和義務來保障自己身體的健康，雖然麻煩，但絕對有必要，因為此乃牽涉到年老後的健康問題，沒有人能「代替」你生病，所以無論如何要拼命保養身體。

再說到我以無比的勇氣和毅力克服重重難關，拿到了博士學位，也取得在住資格，同時也逐漸改善自己的經濟情況。

我在日本的經濟來源，因沈、楊兩人賴債，所以在抵日初期不得不幫在大使館工作的外交官家煮飯、打掃，以賺取生活費。後來在三島通陽的介紹下，我為人治病時，對方都會包紅包給我，其中有些是豪門貴族等等。另外一項財源是我與德永友喜子合作設立「東亞診所」，替癌症患者減輕痛苦，所得來的診療費。

德永友喜子是研究藥理基礎科學的，有醫師執照；我是學臨床的，有技術可以幫人治病，何況常有人來拜託我治病，如有名的作曲家山田耕作就是其中一位。話說我們兩人各出五萬元，在目黑八寶園對面租房子開業。這房子是棟別墅，在東京大學動物研究所對面，前為洋式，後為和式，我們租下洋式的部份。依日本人的習慣，租屋必須付介紹禮金、保證金，再加幾個月房租，算算恰好是十萬元左右。東亞診所每星期應診一日，平均患者六十名，雇有護士和藥劑師，德永的醫生牌與我的技術是這家診所的主力，雖然一星期只看一天病，但其他六天則必須到藥店買藥，並將藥研製成粉末，或者做成丸狀，還要煎煮，以符合病人所需。藥劑師小澤則調配病人所需的劑量。一般來說，診療費是由我和德永五五拆帳，至於病人送的紅包或禮物則歸我所有。

來我診所的清一色都是癌症患者，希望能減輕末期癌症的痛苦。記得在六本木有一家知名的花店——伍藤花店，店主得了胃癌，家屬聽人說胃癌患者末期很痛苦，不但疼痛難忍，而且會吐血，要打嗎啡才能減輕其痛苦，所以來找我幫忙。我主要的方法是讓他不脹氣，且不產生新的氣，氣通即可減少痛苦。患者去世那天，他自己洗臉、刮鬍子，坐在椅子上安然而逝。其妻很寬慰他如此善終，為了答謝我的幫忙，包了好幾十萬的謝禮，並送了一大把白色的百合花來謝我。

這家診所從我在慶應醫學部藥理學教室起即開張，直到我要成立「國際癌體質改善研究會」前，都還持續著，看病所得的診療費是我最重要的經濟來源。坊間傳言我是有錢人家的細姨，或是說我是地下工作的情報員，這一點連政府都懷疑，一度還找人跟蹤我，我是後來才知道這件事。第三種說法是我在走私嗎啡。這些流言蜚語，時間一久，也就不攻自破。

幫助我渡過難關的，以日本友人為多，但也有一些來自故鄉的人，一般來說，在日華僑往往是明哲保身，不太願意幫助留日學生，但我卻曾得到兩位華僑的幫助，其中一位可以說是我的恩人，他是築地一家臺灣料理店「新蓬萊」的店主田中（改姓名的臺灣人）。這個人對臺灣留學生很好，他透過僑務委員會或日本大使知道我這個人，就前來表示，出外人都有一時之不便，如果有需要幫忙的地方，請不要客氣。當時我要在東京檜町（防衛廳附近）買一間房子，錢不夠向他借。他並沒有這筆錢，而是轉向他的同行商借，再拿給我，讓我得以去付訂金。這是我就讀慶應大學藥理學教室時的事。

另一位臺灣人叫王登祿，他是我離開臺灣前教我《傷寒論》的紀老師介紹的。王先生住在神戶，我寫信給他，他按著住址找到我，和我聊起中日文化不同，不要灰心，只要努力即可以瞭解其中的奧妙。他還說了幾個笑話來鼓勵我，其中之一是：一個中國學生請日本同學吃，日本同學隔日用全漢字寫謝函給中國同學，內容是：「昨日御馳走樣で本當に有難御座居ます。」（さくじつごちまで、本當にありかとございます，昨日承蒙招待，非常謝謝！）這個中國同學一看說糟了！住在這房子會有難，非得趕快搬家不可，整好行李就離開去避凶。幾個星期後兩人在校園見面，中國學生向日本同學道謝，使他能及時避禍，日本同學聽了則莫名其妙。這就是中日文的解讀、用法不同了。又如大丸百貨在大減價時會從左到右寫上「大丸大賣出」，中國人如果由右看到左，會以為是要賣掉大丸這家百貨公司。王先生就以他幽默的笑話來鼓勵我向學。

一九六二年我赴維也納發表論文後，回程時過境香港，回到台灣。我的努力固然使我有機會前往維也納宣讀論文，但是這時心中惦念的卻是我到日本八、九年後一直沒有機會回去的臺灣，還有久未見面的母親、孩子們。這是我去日本求學後第一次回家探親。

在我赴日這段期間，家裡有一些變化，先說廣和堂的情形，我離開臺灣以後，紀老師吃、住都在我家，同時他也在廣和堂看病人，不過因他沒有患者緣，不到半年就幾乎沒什麼生意；偶爾一、兩次有癌症的病人來看診，他才會有收入。

至於「竟成放射線院」，仍然持續經營。原本我以醫院的三、四樓為住家，白天由春波用三輪車載我去廣和堂看病。沒想到我離開不到一年的光景，母親因為把錢借給人家和跟會，被人倒債、倒會，迫於沒錢生活，只好把「竟成」賣了，另外在長安東路買了一小間房子住。我聽到消息，心裡非常難過。至於竟成放射醫院的機器就賣給李新興，他後來便和甘州街的徐外科合作。

話說我往維也納途經臺灣時，約好母親在機場碰面，順便量她的指圍大小，以便在香港幫她購買玉戒指。這是我離家後第一次見到母親。當我結束維也納行程後，因手續辦理順利，所以提前一、兩天回到臺灣。我不清楚母親新購的長安東路房子要怎麼走，恰好碰到一個友人張軍光，他曾因親戚得癌，寫信到日本給我，要我在日本幫他買藥，我則將藥寄回家中，要他到我家去拿，因此他曾去過我家，此時他就自告奮勇要送我回家。到了家一看，心中無限感傷，這個家隔壁是車行，司機正用髒話在罵人；前廳又租給別人，我家則住在屋後的樓上。當我上樓時，其時已經是高中生的三女兒靜芬看到我，問道：

「歐巴桑，妳是不是要找我阿嬤？」我母親正在縫被單、準備我回來住的寢具，聽到聲音，抬頭一看，罵三女道：「三八仔，這就是妳媽媽！」三女辯稱：「不對，我媽媽比我卡大漢（比我高），這個歐巴桑卻比我矮。」我離家時，她還是個孩子，所以在她印象中我是比她高，沒想到多年來自己已經長大，長得比我高了。

這次回台，因我已得到慶應大學的博士學位，所以去看曹秋圃老師，他見到我名片上印有博士的頭銜，非常高興，說我是他最傑出的學生。曹老師曾為我寫的書作序，也曾作〈贈莊淑旂女學弟醫學博士〉一詩[註1]，詩曰：

壽民壽世名歸，家學淵源特發揮；

三百年來奇女子，扶桑癌症樹權威。

再一次回臺灣，則在一九六四年。某日，駐日本大使館人員到學校來，請我回臺灣給農復會主委蔣夢麟博士看病，因為事情緊急，我沒帶什麼東西，也沒時間換衣服，就隨著外交人員搭機回臺。蔣夢麟罹患肝癌，住在榮總，病情十分嚴重，我見到他時，他已連續三天三夜不斷地打嗝，眼睛發直，醫生們用各種方式，甚至打麻醉針都不能止住打嗝。蔣氏自一九四八年起任中國農村復興聯合委員會委員，一九五八年又兼任石門水庫建設委員會主任委員，眼看著石門水庫再過幾天即要落成，醫生卻認為蔣氏無法活著見到落成典禮。我在倉促之間回臺，沒帶任何治療器材，我問是否可以打電話回家，在他們首肯下，我叫家人買許多大的老薑母、烘麵包機，及一把刀子。家人送來這些東西後，我先將老薑剖半、切塊、畫井字紋路，然後放入烤麵包機中烘熱，並先在蔣先生的耳後唾液腺處抹上薏仁油，貼上老薑片。用薑貼他唾液腺的原因是使其唾液腺能正常分泌，腸子就可以蠕動，腸動了會放屁，放屁就表示氣通，也就不打嗝了。

另一方面，又找了六、七人（包括外國醫生及榮總醫生）來幫忙，搓其手腳。由於他已經瘦得皮包骨了，我特別交代他們小心以免搓破皮。其後將熱毛巾浸在酒和薑汁中、扭乾，把蔣先生原本冰冷的手腳包起來。約莫過了三個小時，蔣夢麟叫了一聲：「很好！」吐出一口長長的氣，肚子開始咕咕叫、放屁，就不再打嗝，他折騰了三天，終於可以沉沉睡著。為了增加蔣先生的體力，在他睡覺時，我替他煮了薄粥。米洗乾淨後，放入鍋內炒香，再加七杯水燉煮，外鍋的水滾後，用文火燉一個小時即成。我用小湯匙一滴滴地餵他，讓他既能休息，又可以補充營養。他睡得很熟，鼾聲震天，這期間蔣中正總統、夫人來看過他，他都沒醒過來。睡了半天後，他終於悠然醒轉，直叫肚子餓，我盛了一碗薄粥餵他，他用手來搶碗，想一口氣將薄粥全吞下去。我告訴他，好幾天沒吃東西，一次不能吃太多，要循序漸進。由薄粥而稀飯，後來他也能吃下一大碗牛肉麵。

石門水庫竣工典禮那天，他叫我去坐在原先為他準備的位子上觀禮，我並沒前往。他在病床中看電視報導，感到很欣慰。他的病況呈現好轉之後，我也準備回日本，蔣先生卻不讓我走，後來他給我日本來回機票，要我二、三星期回來看他一次。他喜歡和我用日語交談，說是重溫日語；他也常打國際電話給我，一談就是十幾分鐘。蔣先生要送我很多東西，我因在日本臺灣間來來去去，並沒有接受。

我曾和他聊起發病的原因，他告訴我原配得癌症去世後不久，他便續絃，沒想到對方並不真心相愛，而是看上他的財物，兩人常為此事吵架，他因此生氣睡不著、心中鬱悶。忽然有天吃東西好像被哽住，於是就氣不通、嘔吐。

後來蔣先生的病逐漸好轉，幾個月後，已能在床上看報紙。有一天，看到報上刊登農復會主委的位置被他的好友取代，他想這事沒人知會他，而且他也還沒退休，十分氣惱，用力拍桌子，又開始打起嗝來。這回病情惡化，比以前嚴重，而且他似乎失去求生意志，表情也與平時不同，一副看破世情的樣子。我要幫他做任何治療，他都拒絕接受，因此原先用過的方法便不再奏效。一九六四年六月十九日凌晨，蔣先生去世，享年七十九歲。

蔣先生很感激我減輕他的病痛，曾向我表示，如果病好了要幫我完成心中想做的事，因為臺灣像我這樣的人已經很難找了。他去世後，「蔣夢麟博士治喪委員會工作小組」（主任委員為陳雪屏）決定依照蔣先生的遺囑，將其一半遺產——新台幣十萬元，捐給我的癌症研究所，作為發展癌症防治研究工作的經費；另一半則成立獎助學金，每年頒給讀農、理、文、史四門學科學生各一名研究獎金。

在日、台間來來去去，除了幫助病人減少痛苦外，撰寫健康專欄是我另一項重要的工作。ＰＨＰ是松下幸之助出錢辦的雜誌社，松下出身貧窮人家，後來努力而發達致富，日本人稱之為「經營之神」。ＰＨＰ除了出版松下本身的故事外，也出版其他方面的書，唯獨欠缺有關健康方面的著作，所以有學者建議他出版這方面的書。曾有不少人投稿，松下總是不滿意，因此，他透過社長松岡紀雄來找我寫書，我當時沒有答應。有一天，我在電視上看到松下講話不太方便，知道他是喉嚨萎縮。幾天後，松岡來找我，我就請他轉告松下調理的辦法：首先，以蓮藕榨汁，約一五〇C.C.到一六〇C.C.，加一個蛋白，放在冰箱裡。晚上睡前，將嘴、喉嚨清洗乾淨。翌日一起床，便將蓮藕蛋白汁取出，攪拌後，先喝一口潤潤喉嚨，使之微溫，再喝下去，如此有助於恢復他萎縮的聲帶。松下照此方調理，至能出聲時，十分高興，親自打電話給我。我告訴他必須休息三天不能講話，原因是白血球正在幫忙，但那只是一小部分，目前處於在交涉別的白血球同來幫忙的當頭，因此切忌說話。哪知松下聽不進去，他高興地到處打電話告訴朋友，即使有兩位秘書受我之命阻止他，但因為他發脾氣，只好由著他，聲帶自然也不可能好轉了。

蓮藕還有一項功能，它加干貝煮食，對神經系統不正常的人有很大的幫助。蓮藕切下去會牽絲，不久便轉黑，表示它富含鐵質，能溝通神經，消除不必要的緊張，調理神經，也可安定神經，提高其自律性，失眠者可多食。

由於松下不能發音，因此看到我或接待他客時，都由其秘書代為發言。松下來看我，希望我能為ＰＨＰ開闢一個健康專欄，我為他鍥而不捨的精神所感動，於是開始寫〈健康の風車〉專欄，以風車來表現宇宙的型態標記，地球就是個大風車。此風車標誌的設計，是基於古代中國陰陽五行的思想，主軸是紅、藍兩色，表示陰與陽，人就生活在陰（地、月、夜）與陽（天、太陽、日）之調和與不調和之間，至於四枚紫色的葉片，及中央藍色的蕊則表示出陰陽五行：

木（暖）	春	東	肝臟
火（熱）	夏	南	心臟
土（重）		中央	脾
金（硬）	秋	西	肺臟
水（冷）	冬	北	腎臟

這一個名詞是楊英風幫我想的。有一次，楊英風和我一起到洛杉磯的萬佛城，在路途中論及這個觀念，他到了機場，立刻買了剪刀、紙張，幫我的專欄剪風車，風車必須有四個葉片，表示東西南北和春夏秋冬。全球分東西南北，天氣也有春夏秋冬之別；意思是要依不同的地方、不同的節氣來調理身體，心與身體健康唯有體內諸器官能互相協助才能取得，如得了病就會失去平衡，因此個人有限之力如何和無限的自然之力結合，是很重要的一件事。其中最要緊的一點是去接觸天剛亮的太陽，這是最好的健康法，張仲景《傷寒論》的重點也就在此。

我先後為ＰＨＰ寫了三本書，一是《生理病、生理不順ほ必ず治る》、《お產で美しく健康になる本》、《がんを防ぐ本》。

至於後來寫《おならは老化の警報機（屁是老化的警報機）》一書的動機，是我十九歲生完大女兒三個月時，因盲腸炎開刀，一直要等到放屁後才能喝水，至今仍記得放屁後喝的第一口水之甜，那時對氣即有印象。我認為氣要順，能新陳代謝，身體自然不痛；若無法新陳代謝，會引起酸、痛、麻。氣一通就不會疲勞，不累積疲勞，自然不會快速老化，所以說屁是老化的警報機。

《おならは老化の警報機》一書很獲好評，每次發行二萬本，共計再版二百多次。此書的收益，我都捐給基金會，因為研究費相當貴，可是日本厚生省一年補助費只有五十萬，文部省十萬，而必須支援兩位教授、三位助教、五位講師，再加上研究生、臨時工、動物的購買費和飼料費。在研究單位沒錢的情況下，往往是醫生賺錢來充當研究費。

電視螢幕上的現身說法，也是提倡防癌觀念的好方法，ＮＨＫ教育台曾經製作一個節目，找十二個曾患癌症、而已存活超過四十年的人來上節目。這個節目的負責人是川竹先生，他找到了我四十年前的一個患者阪本泰子，當時阪本身上放了一張我的照片，這張照片已經放了四十年，都快爛掉了。她告訴記者，她是愛知縣人，右乳患癌，入院開刀後，便轉移到左邊，醫生要再切除其左乳。她和先生商量，先生表示沒錢了，而且女性一旦喪失乳房就不像女人，因此拿出離婚協議書要她蓋章，阪本一氣之下蓋了章。另外，她原來沒有生育，抱養了朋友的小孩，朋友得知她有病後，認為她沒力氣教養小孩，又將小孩抱走。她在一天中承受兩次打擊，頓時覺得人生了無意趣。翌日，她在《朝日新聞》看到我治癌、防癌的報導，視我如救星，也沒辦理出院手續，就急忙趕到東京，到朝日新聞社去詢查我的住址，找上我之後，就不肯回去了。

我首先讓她不要著涼，以免感冒；又為了讓她不傷心，所以叫她做事。至於在食物方面，則給她吃蓮藕，或者柑橘皮、陳皮加甘草，使她不脹氣。為了取得柑橘皮，我和附近一個賣柑橘汁的人商量，先讓我們洗淨表皮（將柑橘放入加鹽的容器中浸泡十分鐘，再洗乾淨），柑橘皮取來後切絲，再曬乾，就可熬湯喝。幾個月後，她的病況好轉，有一天她說要出去找工作來報答我，一去不回；三十多年來，我從未再看到她。她說她拿了我的照片，希望我保佑她賺錢，她後來去傳教——在「家光」（一種宗教）做傳教者，由於沒賺到什麼錢，這個報答的願望沒能實現，所以她也就沒來見我。

有一天晚上，電視台打電話給我，我恰好不在，由秘書代接，他們要我看當晚第三台的電視節目。我打開電視，映入眼中的畫面是阪本正照著我教她的方法在爬樹、念佛。據電視台說，在這十二個癌症例子中，以阪本的最為動人，她能忘卻過去的恨，會疼其先生，可見打開心胸確可減輕病情。關於這個節目，NHK準備出一本書叫《癌（幸福是癌給我的）》。

四十年過去，阪本也是快九十歲的人了，後來我去看她，她左邊的乳房仍然無恙。由這個例子可以知道，癌細胞發達大半是情緒不穩所造成，如無法控制情緒，癌就會蔓延、惡化得更快。對癌症患者而言，最重要的是安定其情緒，並且加強其防疫力，對病情有很大的幫助。

在東京時，我住在NHK對面，有一天的報紙上同時刊出三則因癌症而自殺的案例，一則是丈夫得了癌症，開刀後沒有痊癒的希望，他在痛苦之餘，要太太用電線勒死他，丈夫斷氣後，妻子立刻到警察局自首。另一則是有位司機，他在接受集團檢診後，醫生覺得有問題，要他一個星期後準備入院開刀，當時這位司機尚未有不舒服的感覺，但他認識幾個得癌症的人，開刀都無法改善病情，反而痛苦至死。於是他心中做了決定，打電話給其妻問兒子何時回來，並說自己檢查後沒問題。哪知他早已寫好遺書，帶著太太、小孩一起出遊，連人帶車在熱海和箱根之間落海，並刻意留下一個包包，說明他已得癌症，不想開刀。第三則報導了一位因得癌症而上吊的人的事例。

我被ＮＨＫ請去鼓勵癌症病人，我說自己的父親和先生得癌症，當時想減少他們的痛苦卻辦不到，現在我已經研究出新的方法，可以減輕癌症患者的痛苦，而且以後會對癌症做深入的研究，預防癌症的發生，請大家鼓起勇氣來，也呼籲癌症病患的家屬要互相照顧。我同時舉個例子，有個人得了癌症，他怕太太改嫁而與太太吵架，打電話向我訴說。我要他將妻子交給我，最重要的是他妻子如何生存，而不是她要不要再嫁的問題，而兒子是親生的，需要太太的愛心和健康，才能好好養育小孩，栽培他成功。經過我的安慰和鼓勵，他才安心過世，他過世後，我還給予他太太一些必要的協助。

這個節目一播出，就有觀眾打電話來，說他原來準備上吊自殺了，看到我的節目就跳下來，要我教他如何生存，說如果這樣結束生命對不起自己，我則要他有困難時，可以找我幫忙。

我在日本治療了不少患者，因此得到善行會的表揚。善行會的會長是東龍太郎，他是一位醫生，對癌症非常關心，後來投入政治界，任東京都知事。他透過社團法人日本善行會對醫學界的調查——特別是民間治療對癌症的作用，對世界各國人士住在日本而對日本社會做出善行者予以表揚。一九八〇年，我以臺灣人的身分接受該會「成人善行表彰式」的表揚。

所謂的「愛敬會」，是由日本一些癌症患者，經我調理教導之後，不怕癌、而且努力活下去的人所組成的一個組織，成員約有十餘人。有位成員是五十嵐商店——經營販酒的大商家，原是子宮癌患者，每年都寄幾百枝扇子來，她說：「幸好得了癌症，才得以認識莊醫生。」

愛敬會每年有兩次活動，一次是母親節前後，愛敬會的成員致送禮物和禮金到臺灣來，以表示向我道謝之意。後來我介紹臺灣一位癌症患者和愛敬會的人認識，此人住在內湖，患了眼癌，他的母親曾來找我幫忙，現在他每天一大清早就在內湖教人做宇宙操，附近去運動的人紛紛加入，至今約有一百多人。讓臺灣、日本的癌症患者交流認識，互相鼓勵，也是一件很有意義的事。愛敬會另一次活動，是每年十一月二十六日我生日時，邀請我到日本去，由他們為我舉辦一個慶生會，成員各展才藝。至今愛敬會已有十二年的歷史了。

註1《曹秋圃詩書選集》（台北：水牛圖書出版事業有限公司，民國七十二年八月）

第十二章——

成立基金會，預防重於治療

我創立青峰基金會，以如何照顧老人為主題，希望廣大老人均能獲得妥善照顧，安享天年並重拾第二春，主要的工作計劃是：展開高齡社會調查與研究工作、高齡者生活保健教育、重建高齡者舊有技能、實施定期健診及居家護理等工作。

一九八〇年我還在日本時，一日突然接獲大使館通知，我要於某日回台，當時並不知道是怎麼回事，乃打電話回台詢問家人，才知道自己當選為台北市中山區的模範母親，至於是為何中選，我一無所知。除了我醫學上的成就，在喪父、夫後供養母親，及撫育子女之外，也許與一九七九年八月一日在日本東京被選任國際母親大會的特別委員，堅持大會要懸掛中華民國國旗，身佩中華民國國旗出席，以爭取國家之榮譽一事有關也說不定。

當選後，區長送了匾額來祝賀，還說要遊街，車由楊肇嘉提供。楊肇嘉的腳常有水氣（水氣和腳氣不同，診斷的方法是如用手按小腿，肌肉會下陷，手拿開後，隨即恢復原狀者是「水氣」，如久久不恢復原狀者是「腳氣」），我教他吃黃蓍——以體重一公斤用一公克黃蓍加一〇C.C.水的比例，煮一小時，取出汁液；再以體重一公斤、水五C.C.的份量，再煮一次，取出的汁液，和前者混合著飲用。後來他的水氣就消除了。他和我常以寫信、電話往來，在得知我當選模範母親接受表揚後，要乘車遊街以示榮顯時，就把他私人的座車借給我坐。

自此以後，我逐漸將注意力轉回臺灣。

一九八二年，原台北縣長邵恩新被任命為台北市長，接任後不久他得了感冒，卻引起心律不整，只好連續請假兩個月。邵先生的病症是疲勞、身體虛弱、沒力氣，而且又為怕耽誤公事心急，病況一直不易好轉。我去看他，勸他休養期間要讓頭腦清靜，屏除一切雜念、少說話、少會客、少焦慮，最好連電話都不要接聽，安靜就是最好的藥方。我也教他消除神經緊張的簡單運動，即赤足用腳心踩草地，並且用腳跟交互輕踩腳趾接縫處，以暖和腳趾；或用手抓樹根做運動（或做宇宙操）；或用雙拳相叩，拳頭擊掌心來促進血液循環。後來我又勸他辭去市長的職位，不要大才小用，安心養病，讓身體恢復健康最重要，他聽我的話後下決心，向行政院請辭獲准，而後到景美別墅休養。

一九八八年，我創立青峰基金會（財團法人台北市青峰社會福利事業基金會），以如何照顧老人為主題，希望廣大老人均能獲得妥善照顧，安享天年並重拾第二春，主要的工作計劃是：展開高齡社會調查與研究工作、高齡者生活保健教育、重建高齡者舊有技能、實施定期健診、居家護理等工作。為了達到上述目的，也預備成立養護學苑，以訓練有意者照顧高齡者之護理技術及知識。

我將青峰基金會取名為「青峰」，有其特殊意義，主要是指老人重拾青春之意，要老人有能力照顧自己，讓孩子也能放心為國家、社會服務，使社會運作得更順利。所以這個「峰」字，取得是山在上邊，象徵更上一層樓的意義。青峰基金會創立後，迄今已舉辦過六百多次（將近七百次）的演講或展覽會，每個月第四個星期二都教導宇宙操。有很多活動是政府機關——如教育機關，或各行各業前來拜託的，像在一九九五年，台大農推系農村文化研究小組在我指導之下，出版了《自我健康管理手冊》。事實上，青峰基金會創辦主要的目的原是為老人服務的，活動的重點是在重陽節舉辦一系列健康指導的演講，為期一星期，每天針對不同症狀做指導，如陳再生醫師負責內科、呼吸科，也請日本方面的醫生來幫忙。

基金會的組織中，專職人員有三人，另有義工約三十人左右，採輪值制；義工負責接電話、回信等工作。義工的來源，主要是接受基金會指導而改善其健康情況、後來願意來教別人者。如有位學法律的女子，自小腳和背部的皮膚不好，至潰爛、長膿的地步，膿粘到衣服上，痛苦不堪，也曾看遍皮膚科醫生，都未見好轉。她經人介紹，和母親一起到基金會來求助，我看她腹部脹氣，嘴唇蒼白，問她飲食的偏好，說是愛吃竹筍、鳳梨，不吃大腸和肉皮。我教她量基礎體溫，發現她在排卵期情形較嚴重，遂教她以綠豆灌入大腸中，以大腸肉皮同煮，做成皮凍吃，並給她補中益氣的處方，後來她的皮膚病就好了。

一九九〇年，我當選好人好事代表，接受表揚，主要的理由是一九八八年我和四名子女共同捐資成立台北市青峰社會福利事業基金會，傳播推廣自創的防癌宇宙操及預防老人癡呆症的保健醫學，並於兩年內舉辦四次大型展覽會，當場講演示範，並率領子女、女婿及義工為民眾義診，頗獲好評。

當時推薦我的是生命線創辦人曹仲值，推薦原因是之前他找我去為慈濟功德會的證嚴法師看病，一大清早便坐曹先生的車去花蓮。當時證嚴法師的身體非常虛弱，注射點滴、輸血都無法吸收，連說話也沒有力氣。我去了解她的病情，才知道她是因為工作忙，昔日的好朋友來找她，接待者未予以引見，那位朋友誤以為證嚴地位高了就嫌棄舊友，而說了一些令她難過的話，使她覺得對不起朋友。這種因事業繁忙導致的煩憂，使她身心俱疲，也影響了健康；同時，她努力於佛教慈善事業，忽略了自己的健康。我為其解決困難，首先，教她身邊的人若有前述的情況，該如何應對；如有人找法師，應回答法師出去，尚未回來，但何時會在，屆時再聯絡，就不會引起誤會。第二，教她調整生活，如用盆浴取代淋浴，方能完全消除疲勞。第三，在飲食方面，特別注意飯前休息，要她身邊的人為她擋掉飯前的應酬事務，使她能消除疲勞後再進食。我前後大約去了花蓮兩、三次，後來還不放心，也常打電話去問其情況，直到她的生活和健康都上了軌道之後為止。

一九九六年，我開始推展家族防癌方面的工作，展開人生系列的研究。事實上，我剛回臺灣時已想推動家族防癌工作，但向市政府和內政部申請時，對方的答覆是臺灣已有「陶聲洋防癌基金會」、「中華民國防癌基金會」，如以「防癌」為名，申請恐不易通過，於是我乃先成立青峰基金會。四月七日正式成立「社團法人中華民國家族防癌協會」，主要的目的在積極改善個人體質並提高自身推動力，以便達到防癌、抗癌的目的。多年來的願望終於實現。

家族防癌協會宗旨為「推廣家族防癌、抗癌活動，並與國內外防癌機構取得聯繫，共同為降低全人類罹癌率而努力」。預計未來在全台二十一縣市成立國際家族防癌分會，目前正在寫簡介，找各地教育局、社會局、衛生局、宗教團體合作。先做問卷表，希望社會局將結果輸入電腦。同時，在各地召募義工，給予初、中、高級各十二小時有關按摩及飲食等防癌的訓練課程，經過考試，合格者授予證書，指導當地居民。

我的理念是預防重於治療，每天都不斷有新的病人產生，救不勝救，所以教導人預防癌症才是治本之策。我雖然以減輕末期癌症病患痛苦聞名，但是這是不得已的。在寫論文期間，我的指導教授以嗎啡來止病人痛，而我則注意到「氣」的問題，說服他放屁（氣）可以減輕痛苦；在這段期間，有人得知我的研究，故來找我幫忙，遂以此知名。然而，我最想做的還是家庭防癌的工作，可減少人間許多的不幸。

前總統李登輝任台北市長時，他的兒子因鼻咽癌過世。在他兒子快過世前，李市長夫婦不斷要求院方給他試各種新藥救命，以致面孔腫脹，非常痛苦。市政府建管處長來找我幫忙，我對他家人說：「如治療可好，當然應該接受治療；若不可好，則應減輕其痛苦，讓他安然永眠。」其家人在十分傷心的情況下，接受了我的建議，我教其用紅棗煮水，即「養肝湯」，讓病人服用，以減輕其痛苦。幾天後，他兒子就去世了。

第十三章——家庭與我

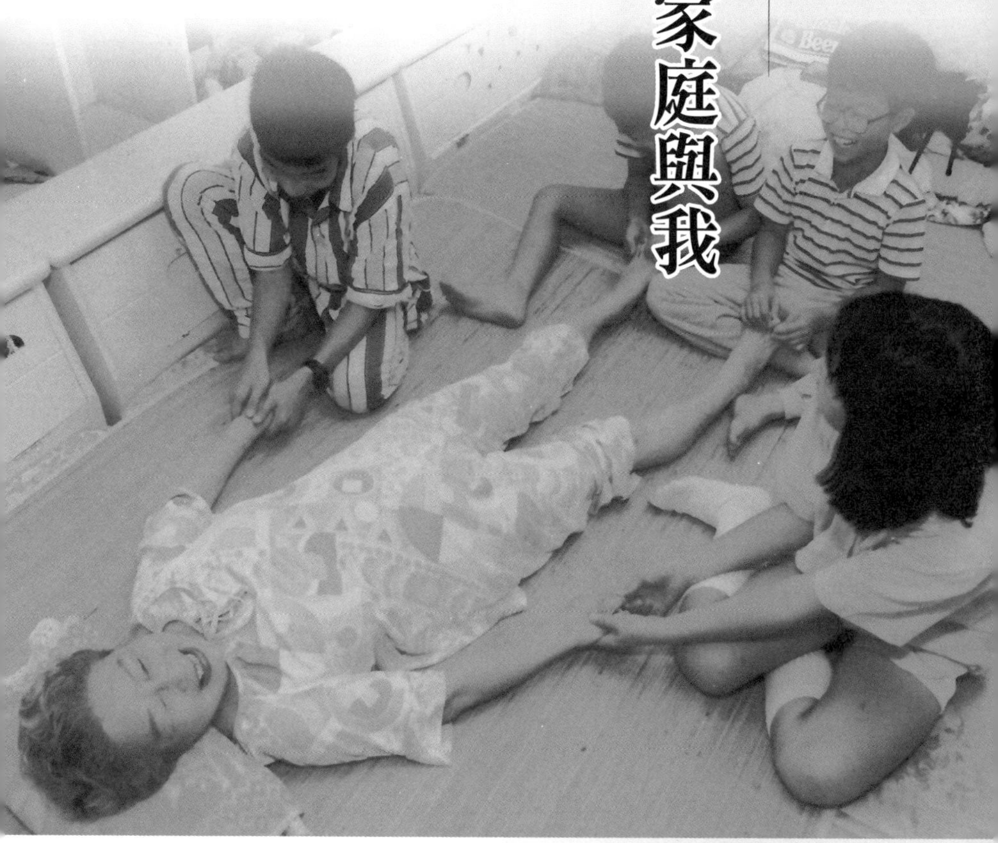

孩子們小的時候都很乖，拼命讀書拿好成績。我看病很忙，就和他們約定：每星期不拘星期六、日晚上，全家人一起吃飯時，每個人都可以發表自己的願望，想吃什麼、想玩什麼，都做充分的交流。

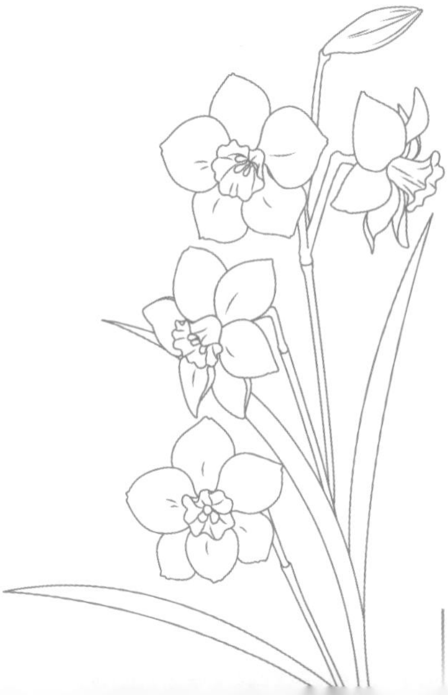

我母親是古典的女性，很有自己的想法、看法和做法。在飲食方面，她因我出生之前，曾與父親去拜北港媽祖，許下了願望：只要生產平安就吃齋。日後，她早餐只佐以醬菜、冬瓜、豆乳、蔭豆、菜頭、油條等。父親在世時，常提煉龜鹿二仙膠，母親也僅是勉強吃一兩口，因此營養不足。我常哄著她，晚上將吐司浸牛奶、蛋、牛油，早上起床煎好給母親食用，她不知道吐司加蛋是葷的，還一直告訴人家說是吃素。後來我帶她去歐洲，她比我適應得還好，回來胖了兩公斤。她的骨質還算不錯，雖然小腳使得她很容易摔跤，比如說拿竹竿弄東西就會跌倒，但骨頭沒有斷。這主要是因為母親肯走出房間，與山水、太陽接近的緣故，如果沒有陽光的幫忙，光吃鈣對骨頭沒有多大效果。

女性一生中有三春，第一春是初潮；第二春是大肚生子，俗話說「查某人大到大肚，查甫人大到二五」；第三春便是更年期。母親的身體一直到更年期以後才有了轉機。

母親過世那一天，正好她娘家親戚來了三十多人，她雖然已經九十二歲（一九八六年）了，還親自殺雞、炒米粉、挽蕃薯葉，做得很起勁。她心情很好，將我前兩天（新曆年）去日本皇宮時皇室送我、我又轉送給她的皮包拿出來獻寶，皮包內有各種寶石、鑽石、寶玉等，她一一分送給親人，十分高興。客人離去時，她還送他們出門到路口轉角（距離大約是兩百公尺），向客人說：「我以後要回臺灣定居，要常來玩。」她回家後，就先睡了一覺，然後去洗澡。那個時候，我幼子再生和他兒子在另一個房間玩，只聽到母親笑著說：「這手穿衣服穿得進去，怎麼另一手穿不上。」就寂然無聲了。媳婦提醒再生去看看，再生敲浴室的門，卻打不開，後來是由窗戶進去，只見母親倒在地上，眼睛已經吊起來了。我們將她扶到床上，由我先幫她做必要的救護，立刻送上救護車，但已回天乏術。原來她是腦血管破裂，血液流到小腦中心致死的；因小腦不大，所以這樣的機率並不高。當時，她已經洗了澡，嘴唇、臉部都化好了妝，在笑聲中過世，一點都不需要我們操心。

母親生前幫助我照顧小孩，使我能安心在日本進修，孩子們長大後，她又陪我到各處走，做我的精神支柱，她的離去，留給我和孩子們無限的哀思。

我養了五個孩子，在他們小時候，每天早上的梳洗和上廁所，是一件十分吵鬧的事；我曾告訴他們，將來我蓋房子時，要蓋五間廁所給他們用。孩子們小的時候都很乖，拼命讀書拿好成績。我看病很忙，就和他們約定：每星期不拘星期六、日晚上，全家人一起吃飯時，每個人都可以發表自己的願望，想吃什麼、想玩什麼，都做充分的交流。每件事都有人管，如有人管錢、有的管吃。再生年紀最小，被分配養魚、養鳥，是最輕鬆的差事；老二的嘴最甜，負責向我多要一點零用錢。

再生一九六八年在日本時，曾寫文回顧這時期他們兄弟姊妹間的相處情形：

我家兄姐一共五人，其中有三人來到日本，二姊和大姊現在住在臺灣。

十四年前我們還一起在臺灣時，母親要我們每週開一次家庭會議，輪流擔任主席，會議中討論種種事情，例如每天吃什麼？學校功課的問題，打掃屋內工作的分攤，遠足的計劃或看電影……等等。其後母親要我們組織家庭內閣，大姊擔任總理兼財政部長，二姊口齒伶俐，擔任外交部長，經常只要我們有了特別的要求，就讓她出面去跟祖母和母親交涉。三姊靜子一如其名，是個話不多的人，總是靜靜地幫忙做家事，所以她是內政部長。聰明好學的是排行第四的哥哥，他是校裡的運動選手，打架也從不輸人，因此擔任了家裡的國防部長。五兄弟裡，身體最弱小的就是我，兄姊都說：「你啊，年紀又小，身體又不壯，什麼都不做也沒關係，只要讀書就好了！」我聽了有點生氣，「為什麼呢，難道我不是家裡的一份子嗎？」那時正好家裡養了很多狗、貓、金魚等動物和許多鴿子，我很喜歡小動物，因此我就負起了飼養這些小動物的工作，我因此被稱為是動物園園長。

光陰似箭，如今我們都長大了，兄弟五個各有不同的工作，分居在五處，當我在四周無人，獨自靜處的時候，我會回想起以前的情景，而忽然覺得十分寂寞，如果時光能夠倒流，大家能夠再度住在一起，重新開個家庭會議，把自己經歷的事情互相傾訴，那該是多麼值得高興的事啊！

平時，小孩由阿嬤管教，我也會注意他們，只要發現有壞習慣，就到學校請老師協助糾正缺點，老師往往也是我的病人。我要求孩子們要能獨立，要對自己坦白，不能記恨，也不要吵架。再生五歲的時候，我就告訴他，當他六歲生日時，就要給他針線、剪刀、菜刀等，教他縫釦子和穿褲帶（鬆緊帶）等，照顧自己的日常生活，也要自己整理書桌。我的小孩每人都有一張床、櫃子、書桌，我讓他們自己處理私務。

我的五個子女中有的住過日本，有的住過美國，受不同文化的薰染。母親在世時，每逢過年都要大家回來團圓，孫子們都不會說臺語，言語不通，她便很生氣說：「臺灣人哪能不會說臺灣話！」要他們學臺語。他們聚會時，各自做喜歡的菜，美國回來的做 pizza、三明治，日本回來的做壽司、飯糰，本地的做燒賣、餃子、油餅，飲食很國際化，十分有趣。

第十四章——

食療・防癌・宇宙操

如何培養自己的免疫力，並具有消除前癌、或癌症的防疫力，則必須要過著健康的日子，並由自己努力來達成。得到癌症時，必須注意日常生活，如不吃太飽等，當癌的症狀總算消失，若又不注意生活細節，便可能再度復發。

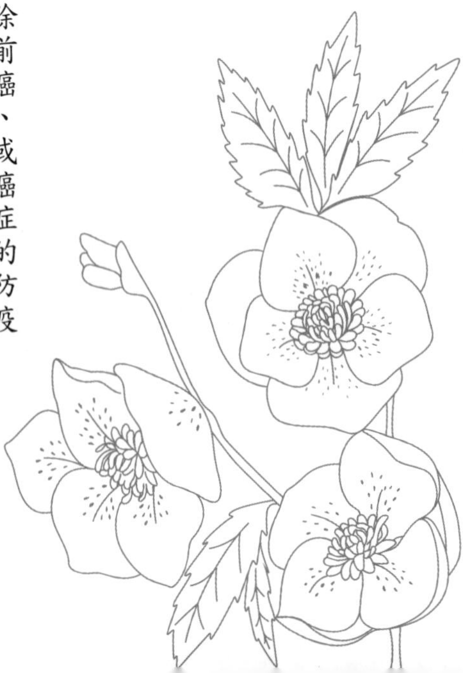

我治病最重要的原則，是提高病人的自癒力，對策則是「多則洩，不夠則提高其抵抗力」。有些久病不癒的患者經我治療後，都痊癒了。我對「氣」的看法，是來自我第一次開刀時切身的體驗；大女兒出生三個月時，我得了急性盲腸炎而開刀，手術後必須等到放屁之後才可喝水，因此母親一直叮嚀我不要喝水，要忍耐。我隔壁的患者卻因沒法忍耐，沒放屁就先喝了水，結果痛得在床上打滾，很不巧那時正逢日軍攻佔南京，要提燈遊行以表慶祝，醫生也去參加，無法立刻給予治療，那位患者就因引發腹膜炎而去世了。我撐到半夜終於放屁，可以喝水了，當時喝下的第一口水，是我一生中所喝最甜的一口水。

由此可見，屁（氣）的關係十分重大。直到今天，我研究如何減少癌症末期病人的痛苦，即所謂的「末期減痛法」，仍然是利用氣的原理。有人得ポックリ病（猝死病），才「喂」一聲就死了，這也是氣。我曾寫了一本書《如何生活不生氣》，提到脹氣發生的原因到底是因坐姿不好，或是疲勞所致，必須查明氣產生的原因，病就可以由此來解決。這是有關氣的理論。

因此，剛吃完飯即趴著睡覺，可能會形成兩個結果：一是加深近視；一是影響腦部。援用氣的道理，我正在和教育局商議，希望能改變目前學童吃午飯的作息。我們設計改善學生體質的辦法是：早上小孩背書包到學校後，即做宇宙操，由學校供應早餐，其菜單是肉類（一星期之中，牛肉、豬肉、雞肉輪流食用）、小腸、豬尾巴、豬心，尤其是發育時要用大骨熬湯，加馬鈴薯、豆腐、水果、菜等。午餐前，將課桌椅挪開，鋪下蓆子，讓小孩躺在上面，由壓手、壓眼睛、按肚子讓氣順暢，以避免吃過飯後脹氣。做完上述動作後，站起來洗臉，敲敲後腦，再吃午飯。

午餐以魚主，以全魚最好，有時以魚頭熬白菜加豆腐，有時吃小魚、魚脯，四破魚也好，再加上青菜，晚上則回家吃家裡調理的食物，不拘什麼食材。早、午兩餐的費用是政府、學校、家裡各出三分之一。全套的做法包括三個主要的部份：早上做宇宙操、飯前不脹氣、女生早起要量基礎體溫——這和性教育有關。

我個人不贊成午睡，因為只要利用飯前三分鐘時間做體操後躺平休息，就可以消除疲勞，不需要飯後睡半小時。學校老師要學生午睡，是個創造出來的壞習慣。日本的大夫在開完刀疲勞之餘，就趕快去打球，或者到樹下去吃便當，因轉換情境而得到休息。

再說為什麼要做「宇宙操」？「宇宙操」是我經年逐漸發展出來的。我早年有次由東京羽田機場搭飛機到美國，長途飛行八小時，至安克拉治機場下機休息四十分鐘時，見每位旅客皆伸懶腰吐氣，我也跟著做，發現真能身心舒暢，滿舒服的。不過當時也沒去想它。再上機、抵達目的地後，洗澡時想到伸懶腰的動作，加上毛巾擦背，發現更加舒服。後來常常要幫患者檢查，看看患者的背部、脖子、淋巴腫脹情形，會要求患者做這些伸展的動作。其後讀書讀到中醫講「脾乃萬物之母」、「脾主肌肉四肢」、「脾通血」等等，發現手臂內的肌肉就是掌脾臟的地方，只要那塊肌肉有運動、多伸展，許多疲勞、脹氣、頭昏現象都會消除。我想這或許是訣竅，因此逐漸發展成一套手臂肌肉運動，將手肚、腳肚肌肉用力伸展，抬頭看天，雙手和雙腳打開，也就是將橫膈膜打開。《傷寒論》中提到：橫膈膜之上為上焦，中為中焦，下為下焦，這三焦拉開，抬頭，腳踏實地，人在中心，意即天地人合一。手腳拉開，用力，末稍神經受到刺激，踮腳尖，再用力刺激，橫膈膜、甲狀腺、淋巴腺、鼠蹊腺成一直線，如此常做，必能消除疲勞，這就是我發展出來的「宇宙操」要義，我也稱之為「防癌宇宙操」。高梓曾經說過：「中國的體育中，不論是太極拳或外丹功，都不像宇宙操，都是縮著身體，很少伸展。」我由基礎學說發展而來，三陰三陽互相配合，是有系統的學說理論。整套「宇宙操」共花我八年的時間才真正完成，其間也多請教體育界的專家，瞭解體育方面一些較強較大的動作，或太極拳等較慢的動作，逐漸形成這套伸展動作。我不是聰明人，只是愛胡思亂想，想出這套理論，我自己覺得相當美好，因為將身體內的橫膈膜打開，有如將身體內所有的窗戶都開啟，不過一定要身體力行，持之以恆。當然也希望聰明人士多增補、發揚、推廣。

《傷寒論》則是一切理論的基礎，以津液為統，後以三陰陽為系，診斷如何提高免疫力、抗力、選擇力和取捨力，這也是我的研究目標。《傷寒論》中提到：津液出處的機構名陽明，食管、胃、小腸、盲腸、大腸、直腸屬之；機能名太陰，胃液、胰液、腸液、膽汁、脾、胰、肝均屬之。津液行處的機構名少陽，動脈管、靜脈管、腺膜、腎臟、膀胱、尿道屬之；機能名少陰，脈的蠕動力、膜的伸縮力、心的壓力、腸的引力屬之。津液用處的機構名太陽，肌肉、筋骨、耳目、髮膚、軀殼一切屬之；機能名厥陰，腦髓、脊髓、神經屬之。

因此診斷必須依平衡理論來治療，譬如說得到同樣的病症，治療方法、用藥的內容卻不一定相同。氣的收入和支出相同，循環才會良好。但如何得到平衡，則必須從體型、症狀、性別、年齡加以分析。舉例來說，同樣的病症，胖者和瘦者的處理方式就有所不同，胖者應該要多運動，少吃，禁宵夜，多吃水果；瘦者應該補充營養，並且休息；如果是神經質的患者，就要爬山、游泳，儘量不要去想事情，如此才能自行產生抗體，可以不經藥物而得以自癒。

五十年前的人生病多半是源於營養不夠、運動（勞動）太多，如床單、被單、桌巾和蚊帳都自己手洗；現在的病則是因運動太少而營養太多，因而導致抗體減少。生死僅有一牆之隔，生病一定要靠身體自行產生的免疫力，不要依賴藥物。

我目前肺活量不到三〇〇〇（約二五〇〇以上），因此講話的聲音常常因沒氣或氣不順而中斷，這是因為我以前肺膜積水，醫生用針去抽水，而不像中醫的方式打通水路，以致我的肺膜黏了起來，肺活量遂不足。我常說：肺與大腸互為表裡；換句話說，肺中積水可從腸方面來解決，由大、小便排出，並可藉由心臟、膀胱來幫忙。我的幼子再生曾治療一名肺癌患者，他的肺積水無法消除，我要再生為病人每兩個星期照X光存檔，了解肺積水的情況，然後給病人吃「雙寶液」，消洩積水，事後證明果然有效。

我一直有個想法：等自傳完成之後，要找個漫畫家，將《傷寒論》的理論繪成容易了解的漫畫，讓小孩子看，以便從小就灌輸《傷寒論》中平衡的觀念和精神。

防癌問題仍是我最關心的，我的論點是如何消除癌的病因，而可能引起癌症的病狀，稱為「前癌症狀」，這其中所說的就是感冒的問題。一個人如果一年中有四次感冒，表示身體中的五臟六腑出了問題。何以會感冒？感冒有沒有疫苗可以預防？答案是沒有。美國研究感冒疫苗達四十年，卻一無所得，就是一個例證。

感冒為萬病之源，所有的慢性病都是感冒的後遺症。防治感冒最主要的辦法是「今天的疲勞，今天消除」。感冒的病毒不止一種，但到不同人的身上，便出現不同的症狀。所以是預防有效，治療無效。《傷寒論》所談的就是感冒。一般人得了感冒，西醫的辦法是打抗生素來壓抑病菌，事實上同一種抗生素並不能對每個人產生相同的作用，原因是人的內因不同，所以有人的症狀是頭痛，有的是昏睡，事實上多睡傷脾臟。人何以會感冒？至今尚未瞭解其原因，但和過度疲勞、吸太多煙、喝太多茶和酒都有關係。目前雖然已經發明了幾百種抗生素，但有人用了這些抗生素，卻仍是高燒不退。

抗生素既不一定對每個人有效，因此，如何培養自己的免疫力，使具有消除前癌、或癌症的防疫力，則必須要過著健康的日子，並由自己努力來達成。得到癌症時，必須注意日常生活，如不吃太飽等，當癌的症狀算消失，若又不注意生活細節，便可能再度復發。總之，一有病痛必須靠自己的防疫力，病自然會好，倚賴醫生和藥物都是不可靠的。

我在對病症提出對策時，一些老人家掛在嘴邊的俗語常常縈繞耳際，經過一番思索，常覺得古人說的有一定道理。比如小孩子跌倒、嚇到（或痛得）哭起來，大人常會抓抓小孩的耳朵說：「抓耳根、抓耳根，無事吃百二。」也就是小孩子跌倒時，大人幫他拍拍胸膛，叫他雙腳跺跺地，這些動作可以促進血液循環，舒緩緊張的情緒，對健康有益。誠如俗話說的「打斷手骨顛倒勇」，也是這個道理。

古人又說：「暗時吃西瓜半暝會反症。」夏天的西瓜是消暑解渴的水果，但晚上則不是人人可以吃的時刻，健康的人吃了沒關係，但是身體差的人吃了可能引來不適。另外，又有一句話說：「吃甜吃鹹臭腳粘。」糖進入胃後，胃就不分泌胃液，吃鹹亦同，如果甜和鹹一起吃更是不分泌，胃液不分泌就不蠕動，無法消化就難以調整身體的功能。我常說「肺與大腸相表裡」，這是腸沒有辦法發揮排毒功能所致，遂影響皮膚，形成皮膚病，對肺功能有所影響。通常這些古老的俗語，都不是沒有根據的，我常由其中道理來思索治病的對策。

我的大兒子國治在千葉縣的大學讀書時（一九七〇年四月入學），他的指導教授得了口腔炎，既不能吃也不能喝，看了幾個月的醫生，也未見好轉。國治告訴他，曾聽媽媽說吃蕃茄汁可治口腔炎，那時大學的實驗農場採下的蕃茄，不要的就丟在桶子中，國治從桶內揀拾爛蕃茄，榨汁給教授喝。蕃茄汁加鹽對口腔有毛病的人來說，真是難以喝下，必須非常忍耐。他的教授喝了一、兩罐後，就好了許多。接著國治又做三罐，教授喝了三天，病就好了，他打電話給我說可以吃飯了，又說：「國治信神，是為了救人，根本不是精神有問題。」從那以後，教授非常疼愛國治，把他所有的學問都傾囊相授。

話說賀伯颱風來襲，給臺灣帶來很大的災害，政府注意到環境的清潔問題，而沒有考慮到經此風災後民眾的健康問題。有記者來訪問我，颱風後應該怎麼做才不會有瘟疫？因為依過去的經驗，的確有此可能。衛生所只進行消毒的工作，我認為這只是消除外因而已，要避免疾病蔓延，內因也相當重要；只要解決內因問題，即使有外因也沒有影響。我建議處理內因問題，一定要吃「三豆飯」。所謂三豆即綠豆、紅豆、烏豆，其做法是準備同重量的豆和甘草，先用十倍量的水來煮甘草，共煮兩次，再以甘草湯來熬三豆。雖然不太好吃，但必須吃，豆子會幫我們清理體內及外濕產生的病毒，內因不存在了，也就能抵抗外因。

無論如何，看醫生吃藥都比不上食物治療，如何吃下對身體有用的食品最為重要。讓小孩吃豬心，主要是可以幫助心臟的功能；神經需要心臟來幫忙，讓原來不平衡的神經得到調和，甘草是個大幫手。

我曾在豬圈中觀察兩個星期，看到豬在髒亂的豬舍中翻滾、生活，也沒有得過皮膚病；又，豬在憩息時，豬尾也還在動，豬全身最重要的就是這隻尾巴。吃豬皮是調理皮膚的重要食品，如果皮膚病要趕快痊癒，最有效的方法是將豬皮刮一刮，清洗一下，烘乾之後，再黏貼在患部上，就會很快地好起來。

我常說吃皮補皮，現在的小孩不少有皮膚過敏的毛病，其原因之一是父母給小孩喝牛奶，先用熱水再加冷水成了陰陽水，吃下去就容易腹脹，有脹氣、氣不通，皮膚就不能呼吸，容易產生溼疹。去看皮膚科，又用腎上腺素去塗抹患部，造成頭腦及身體發育不良的現象。有一個基金會請來的女孩，她一點皮（包括魚皮、雞皮、豬皮等）都不吃，又偏愛吃中部產的竹筍及鳳梨，因此整隻手的皮膚流膿；她也常去看皮膚科，但都無效。由於她不吃皮，我也不想勸她吃皮，遂用豬皮做成皮凍，用便當盒裝著帶去基金會，配著啤酒吃。她看我吃得很好吃的樣子，便向我要一塊吃吃看，覺得好吃，便接二連三地吃，不知不覺中吃下了大半盒。我平常做豬皮凍都是做一大鍋，放在冰箱裡保存，第二天，我仍帶豬皮凍去，她又吃了起來。幾天後，她的皮膚似乎好了很多。由於她吃了太多我做的皮凍，感到不好意思，便問我「這麼好吃的東西怎麼做」，我說：「這是豬皮，是妳最不喜歡吃的東西，不過對妳的皮膚有幫助，等皮膚好了之後我再教妳。」我並且告訴她，以後碰到像她這樣毛病的人，要勸人家多吃豬皮，這樣可以幫助別人。

豬皮、豬腸的做法是，購買一公斤重的皮和腸，腸子必須先做處理，先用一百公克的麵粉和十公克的鹽放在腸子上，十分鐘後，用麵粉來洗腸子的涎（黏液），再用筷子來攪拌，三十分鐘後用水沖洗乾淨就沒有異味。然後將腸子剪成一尺長一條，打三個結，那樣子就像麻花。皮的處理方法是用熱水燙，等毛管頭皺起來時，用紗布把毛皮拉扯下來，將皮清洗乾淨，同時將豬腸、豬皮放入鍋中，加上酒、薑、鹽，慢火燉熬六個小時，等涼後放入冰箱，要吃的時候拿出來切成一塊一塊的，真是人間美味。吃了皮凍，可以幫身體清出髒東西，即使幾十年的皮膚病也可以治好。不僅是吃腸補腸，腸的蠕動使得氣通，對皮膚的幫助比擦什麼藥都來得有效。不過，有些東西也要因人而異，而且不可獨沽一味，養成偏食的習慣；另外，也因地制宜，入境隨俗，不要違反自然，這一點是十分重要的。

幾年前曾流行吃黑豆，說是可以使頭髮烏黑亮麗，有些人聽了別人說、或看報紙的報導，也不知道對自己身體有無幫助，就貿然地食用。青峰基金會常接到求救的電話，說吃了黑豆後脹氣，氣已堵住，即將沒命。對這種病人，我也愛莫能助！不僅有人吃黑豆，還有人喝尿，喝尿那能治病一般稱尿為「回流水」，只能給昏倒不省人事的人喝，讓病人醒過來，在這方面有治標作用，絕不能治本。

又有一天，一位婦人氣急敗壞打電話到基金會，話也說不清楚，經查詢後，才知道她的丈夫因為脫肛，正在醫院急診，西醫不僅不先處理脫肛問題，反而要先驗血、檢查身體，此時她先生已痛得臉色蒼白，在床上呼天搶地。她心中十分不忍，要求我救她先生。我聽了之後，先要她鎮定下來，去找三、五條毛巾，浸到熱水中，再擰乾，做成熱毛巾，然後要她先生趴在椅子上，屁股翹起來，用熱毛巾蓋住患部，再叫他喘大氣，等他張開嘴巴叫「啊」時，用手將肛門推進一點。在一面敷、一面推的情況下，總共用了五條熱毛巾，就將脫肛的問題處理好，她先生也不痛了，於是不待西醫診治就回家了，後來她丈夫還親自打電話來向我道謝。有人輕視中醫，事實上中醫用來急救的辦法十分有效。

有一回，大龍峒一個規模相當大的爆竹工廠爆炸了，燒傷許多工人，搶救人員用擔架分別將傷者抬到各個醫院。傷者除了送到洪外科等醫院之外，有些也送到廣和堂來，約有三、四十人，堆滿整個走廊，連水溝上都鋪上木板，以安置傷者。傷者燒傷的情形相當嚴重，老實說我真是嚇壞了，有的傷者胸部脫了一層皮，可以看到骨頭和肌肉；有的皮膚和衣服黏在一起，痛苦不堪。我用兩種方式來治療，一是內服，用大丁潰、柳丁潰燒湯，讓傷者飲用或灌食，有消炎的作用；一是外敷，用我父親浸泡的桐油加大黃來塗抹患部。兩、三天後，患者逐漸痊癒，紛紛回家休養。我這邊都沒有人傷亡，倒是洪外科那邊死了幾個人。

另一次是流行天然痘（天花），我弟弟也染上了此症，弟妹見他兩眼長滿痘，嚇得不敢看他。這次的流行病十分嚴重，約有幾千人來求診，我用「三豆飲」給患者服用，兩三天之後，痘就消失了。在這次天然痘流行中，永樂國小校長因小便出口也長了痘，尿不出來，以致身亡，令人十分遺憾。

通常被火燙到，可先抹白麻油，再以鹽蓋住患部，兩三天後水泡就會消失，也不會脫皮。

第十五章——

一生的回顧

甚至連我丈夫過世多年，我也常常忘記要祭拜他，想來真是不可思議……我也常想，其實雖然沒有祭拜他，但我把全部的精神用在研究癌症上，就是對他最大的紀念，或許這也是他要我這樣做，而且他在冥冥中保佑我全心做好研究癌的工作。

我的確是不會判斷人的好壞。我也把父親與曹老師的教誨當作真理，所以別人能做、容易做的事，我絕對不做；反而是難的、沒人要做的事，最合我的胃口，我每天總是想要如何做，才不會對不起自己。

我是個獨生女，一直都很聽父親的話，認為他的話都對。父親告訴我：人不要為名利而活，也不要太愛錢，古時候的人以物易物，有需要互相同意就交換，後來才改用錢，但錢多了會束縛人，也會讓人起衝突。豬肥了怕被殺，人有錢了怕被搶劫，所以人不要太有錢，但也不能要用的時候沒錢。換言之，一生當中不要被錢束縛。

要成立「國際防癌協會」時，需要幾百萬的基金，有些病患要答謝我，我就請他們捐錢給基金會，東邦銀行要我設一個口座（戶頭）來收捐款，不到一個月，就超過所需要的數目；在這款項之外，東邦又捐了二十萬。基金會成立時，要過東京都醫務課這一關，他們必須對這個基金會有所瞭解，才可能核准，起初他們認為國際、癌、體質、改善這四項，每一項都是大事，為了瞭解起見，其中一位叫做日向的先生，在電話中和我對談。我告訴他：就因為這些都不會做，才要研究。他接受我的看法，不但核准基金會成立，並且在披露會（成立大會）時，也前來致辭。他說：日本醫生都不想做的，我卻想做。每隔一段時間，日向就會到基金會來看一看，我用小點心招待他，他很滿意我們的做法。

我沒有優點，每天都在做錯事；有人說我勇氣十足，事實上每天我的良心都在作戰，如何做才能對得起自己的良心。我每天反省的不是三次，而是十多次。當醫生這個行業必須遵守職業道德，不能說出病人的姓名與病情；對嚴重的病人，也不能透露病情，以免打擊他們的信心，還得編話來安慰他們，所以等於每天都活在謊言中。我擔任皇族貴婦的健康顧問一共十八年（每三年一任，共六任），和長澤主治醫生一起指導她健康的方法，這些事都不能說，但有些記者不瞭解，來採訪時我不肯說，往往造成誤會。至於應否對癌症患者透露病情？有人可以承受得住，一面與癌作戰，一面完成尚未完成的事。有的人則一聽到得癌，立即意志全消。而「人間國寶」近藤悠三對癌作戰雖然成功，但後來卻因兒子自殺失去鬥志而死。就我的經驗來說，大約十萬人中只有一人，才可以告訴他真正的病情。

要不要向癌症患者說出病情，全部因人而異，不能一律處理。有位湯川太太給我看一本書，書名是《一粒の麥》，書中的主角讓醫生同學看病，醫生同學率直地對他說：「きみ癌にかかりました」（你已得了癌症）。他很冷靜地問，大約還能活多久，醫生朋友坦白告訴他，並要他明日住院，他入院後，將他要用的打字機、電話都準備好，並叫學生來交代事情。當他把所有的事情都做完後，就準備死亡。像這樣的人，其實並不多見。

有位田中捷雄先生，也很有勇氣地對癌戰鬥。他將該做的事都做完了，在等待死亡這一段時間，其實是心裡最脆弱的時候，我約略知道他哪一天會死，其時剛好是過年，我便要他去吃好的料理、洗溫泉，快快樂樂地回家過年。他吃了可口的料理、洗過溫泉後，坐著太太開的車回家途中，頭一歪，便倒在太太的肩上過世了。

當醫生使我不能說真話，養小孩有時也不能說真話。我母親告訴我的兒女們說：「你們媽媽有床不睡，愛當夜貓子。」（意指我喜歡在外面找事做，不愛待在家裡，所以孩子們對我的印象就是如此。）再生小的時候，放學回家時，我正在診所看一大堆病人，他打開門，看一眼就走了，連一聲「我回來了」，都沒辦法說。雖然我幫他打點一切事務，但他回來那一瞬間，無法抱他，讓他撒嬌一下，可能在他的心靈上造成陰影。因此，他曾對我說過：他以後要娶一個又瞎又聾的太太，幫他煮飯；每天下班回家，就可以看見她。我對病人的瞭解很夠，但對家人間卻無法如此互相瞭解，覺得非常難過。

我有許多想法，還未能實現，但家人卻沒有辦法做我的後盾。當我決定帶母親回臺灣定居後，就開始物色土地，希望能買到合適的地，來達成建老人中心的願望。當時有幾個日本人都想跟我來臺灣，如單身老人三菱社長夫人，不過沒有合適的土地；外雙溪的土地雖登記我的名義，但這是弟弟的，不好貿然使用。於是我便在埔里買了十二甲的土地，還包括兩個魚池。我開辦老人之家，是希望能達到自力更生的目的，利用老人的專長，從事農、林、漁、牧等工作，也可以養豬。除了工作之外，也顧及他們的精神需求，建有佛堂、教堂。另外，也在隔村買了一塊墳地，請楊英風設計。老人之家的電力、瓦斯、自來水管線都設計好了，但申請的建築執照卻一直都下不來，前後八年間，南投建管處也數易其人。為了開發這塊地，一個月要給楊英風四十萬元的設計費，買地和規劃都由我在日本擔任公司行號的健康管理（一年可有一、二百萬日幣的收入）所得，分批攤還。我之所以認識吳敦義，就是在他當南投縣長的任內時，為了在埔里建老人之家一事。

由於埔里的建照一直下不來，我只好改地設立老人之家。北投的地大約有四百坪，我將在埔里的設計書拿來這裡運用，已經多到了一千多萬，將一樓、二樓都弄好了。媒體也來拍過這預計有四十間老人之家及住宅的照片。再生自己也寫過〈私の兄弟〉一文，表示很希望再過著小時候兄弟姊妹和樂的日子。我一方面向銀行貸款整建；一面回日本賺錢，行前我交代建商，沒錢就打電話到日本向我要，我會解決，沒想到建商不但無法達成當初蓋屋子才算錢的承諾，同時轉而向再生要錢，再生於是決定停工。我常打電話回來問工事進度，他也不告訴我，這一拖就是五年。我問他為什麼停工，他說：「萬一妳不在了，我就必須負起所有的責任，而我負不起。」不僅如此，他還將我在埔里的土地，以一億多元的價錢出賣，給中人佣金一千萬，剩下九千多萬，還了銀行的貸款共四千五百萬。當然，負債很辛苦，不過，他沒和我商量，就私自賣地，也讓我很傷心。如果說再生不孝順我，那也不盡然。每當我赴全省各地演講晚歸時，他都在樓下等我，我跨出車門，他就伸手幫我拿行李，並且幫我預備熱水、啤酒、睡衣，對我說聲「おやすみなさい」才離開。或者給我留下如下的字條：

親愛的媽媽：

忙碌了一整天，辛苦您了。洗澡水已放好了，請先入浴，讓一天的疲倦，早點消除，入浴後，請早點休息吧！明天還有明天的事要做。

兒 阿生 敬上

北投這塊地登記在靜芬、國治、再生三人名下。我買地時，都由許泥生幫忙，買了地一個星期之後，我就赴日籌錢去了。

至於內雙溪的那塊地，在國家公園保留區內，我現在已想出一條可以過好幾個山的路，想問建管局、都市發展局，建議開路。我要在那裡建一個自然健康村，此事尚未向弟弟說，取得他的同意。這保留區法規很嚴，我申請過好幾次都失敗，即使我修理一下道路，也都被勸阻。我已經寫好陳情書與整個企劃案，準備向總統陳情。

至今我還是一心想要從事預防醫學研究，所以圓山的地主要是用來蓋預防醫學研究用地，正在籌備中。所謂預防醫學的主旨是：今日的疲勞今日消除，儘量作感冒預防。通常營養過多會產生疲勞，因為無法消化、無法燃燒就會產生疲勞；另外吃太飽、睡太多、運動太少都會產生疲勞，需要特別注意。

我二十多歲時，為了養家活口，一直都在做事。三十歲時，經常想時間如果能自由支配該多好。母親也常問我，妳到底在忙什麼？到了五十歲，我暗自下決定，每天要早起運動走路、爬山、看看溪水，做自己最喜歡的事。我小時在蜜蜂場工作，颱風時得去搶救，無形中愛上大自然。我的生活時常被患者占去，但是我抱定決心，要和自然多多接觸，所以到今天為止，沒有一天不散步，我一面走路，一面自己反省、休息、想問題。自己覺得辛苦時，我會在書桌上放筆、紙，將它寫在紙上，作為一種發抒鬱悶的辦法。一天當中，做十幾次的反省。

我也常常覺得很奇怪，為什麼人到了沒辦法的時候會想到要去求神問卜、抽籤問卦？不過我這一生就這麼一次在仙公廟和宗教發生關係的經驗。我由日本回來後也曾去回拜過，但也不是刻意去拜，而是仙公廟的主持人聽說我回來了，請我去演講，我想到我曾來睡仙夢，因此順便拜一拜。我個人對宗教其實很少去想到，不會想要信任何宗教，我在教育子女時也不會特別注意到宗教問題；甚至連我丈夫過世多年，我也常常忘記要祭拜他，想來真是不可思議，因為常常在他忌日前一天還會想到，也想過要好好祭拜他一下，結果是到了當天就忘記了，忙忙忙，過去了，也就又沒拜，因此他逝世五十年來，從沒拜過他！我也常想，其實雖然沒有祭拜他，但我把全部的精神用在研究癌症上，就是對他最大的紀念，或許這也是他要我這樣做，而且他在冥冥中保佑我全心做好研究癌的工作。

我很少有其他娛樂。我到日本各地演講做防癌推廣時，也因時間的關係，和被一大堆人包圍，而無法暢所欲遊。有時候，女婿拿戲票來要我去看，我說工作還沒做完，他說工作能做得完，我說：「就因為你不幫我的忙，才做不完。」不過有時候會應患者的邀請，去看患者表演，以激勵他們，如得甲狀腺癌的某患者，他已經七十多歲，還化妝得很漂亮來跳舞。

我現在最大的遺憾就是一直未找到一位知音。我雖然和同年紀的女性朋友們有聯絡，但是她們一通電話或見面時，老是講家中的瑣事，殊不知我自己也有不少事情有待解決。有時候她們敘述自己的病情，一說就沒完沒了。像賀伯颱風來時，朋友家住八樓，進了水，她也為這事向我說半天。這樣的朋友身體往往不太好，不能陪我一起爬山。因為有人在旁邊時都難得輕鬆，所以現在反而覺得自己一個人最自在。每天早上四點半出門，搭公車至陽明山爬山、下午洗溫泉，不要找伴，最輕鬆。最希望能將要做的事做完，完全無事，可以自在出去玩。

回顧我的一生，當我以就醫的理由申請赴日，後來護照被大使館收走，無法回臺灣。我寫信給母親或子女，對於自己的境遇，或所遭遇的痛苦，都不敢實話實說。回想在臺時，在蔣介石的戒嚴令下，不能談論有關國家政治的事；我母親對軍法處的人來敲詐要錢的事，也不給我知道。後來，我違反總動員法得到特赦，要公告一個月讓大家知曉，才能去領特赦證。這些遭遇導致心中的痛苦和矛盾，實非外人所能想像。在日本的大使館謠傳我在做地下工作，有的人說我在日本當人家的細姨，否則那有錢讀書；甚至有的女性朋友，原來交情還不錯，也說我是他先生的外室，變得十分尷尬；更有關於我走私嗎啡的傳聞。我可以說是百口莫辯，各方面都以異樣的眼光來看我。當時又沒有朋友可以吐吐苦水，以減輕心中的壓力。為了對自己及孩子有所交代，也為了怕以後記憶力衰退，將有些事情遺忘，所以在開業時期的空檔，將經歷告訴診所的小澤藥劑師，請她幫我記載下來，即是我日文的口述歷史，但當時並未有發表的打算，所以一直沒有出版。

至於在日本發行的書，其實我早就有了構想，並簡單地用紙筆記下來，等到出版社要求我寫書時，我就請一組人來幫忙，有人負責筆錄、有人錄音、有人照相，料理也有人準備，如此五到六次，大概就可以完成一本書。目前我除了準備做我的自傳——人生雜記外，我也想將過去寫的書，添上增加的體驗，重新編排，出一套《人生系列》的書，其中只有更年期時期的健康、調養，我還沒寫，希望明年能寫出來。其次，我要結合兒女專長的各個科別成立中心，如由陳醫師來寫呼吸器方面，如痰的問題，應在痰軟化而清時即行處理，而不是等它變成濃而黃時再予以治療；至於排除痰的方式，要利用腸蠕動的原理。再次，由我學小兒科的女兒寫小兒科，重點是父母不在身邊，小孩從小和祖父母住一起，所產生的心理狀態如何？我的孫子學皮膚科、產科，我也要他們寫出來，如此結合起來，人們就不會生病，享受不得病的身體，各人才能做各人的工作。

寫書都必須有動機，如我寫《阿娘》這本書時，是因家母過世，我必須在最短的時間內將母親的行誼，及她講過的話回憶出來，因此利用母親過世到出殯這期間把《阿娘》寫完。

我一向研究如何養生，也思考著送死的問題，像「如何含笑而死」等。

日本藝能界人士水の江瀧子，在一九九三年二月二十日，也就是她七十八歲生日的那一天，舉行一個「在世的告別式」。她認為：若她死了，萬事皆空，既看不到前來弔祭的朋友，也不知道誰送了奠儀若干？不如先行收受奠儀，將它捐給孤兒院或殘障機構。同時，以生日的歡慶代替葬禮的悲戚。我正思考著這樣的一種人生觀是不是合宜？

回憶

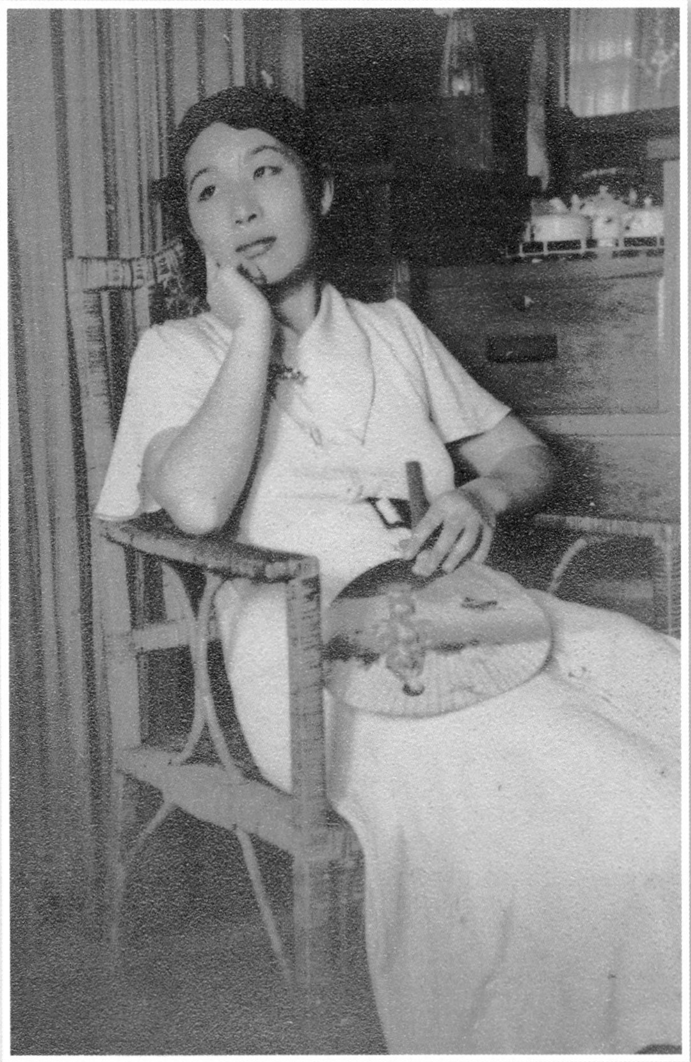

十六、七歲時的莊淑旂。拍攝者為其同窗好友。

右圖：莊淑旂（右）與契妹阿粉。

下圖：內雙溪廣和養蜂場。右五手拿蜂櫃者為莊淑旂，右六是母親劉烏肉，第二排左一是父親莊阿炎，右四蹲者是莊阿炎的助手劉全興。

上圖：莊淑旂與陳右樂的結婚照，當時莊淑旂十八歲。

下圖：婚後四個月，莊淑旂與陳右樂於新房內合照。此時莊淑旂已懷有三個多月的身孕。

上圖：莊淑旂的父親莊阿炎（中立者）被日軍徵召入伍，鄰居夾道歡送。莊阿炎右邊是妻子劉烏肉，左邊是莊淑旂及母親邱桃妹（著黑衣者）。

下圖：莊淑旂與五個年幼的子女，由左至右分別是：長女安繡、長子國治、次女壽美、幼子再生、三女靜芬。

莊淑旂於一九五〇年開設的「竟成放射線院」。

中醫師證書
莊淑旂 性別女 籍貫台灣省台北市 年齡叁拾柒歲
經考試院中醫師考試及格
依照醫師法給予證書以資
證明
內政部部長
中華民國[illegible]年[illegible]月拾柒日
台中字第[illegible]號

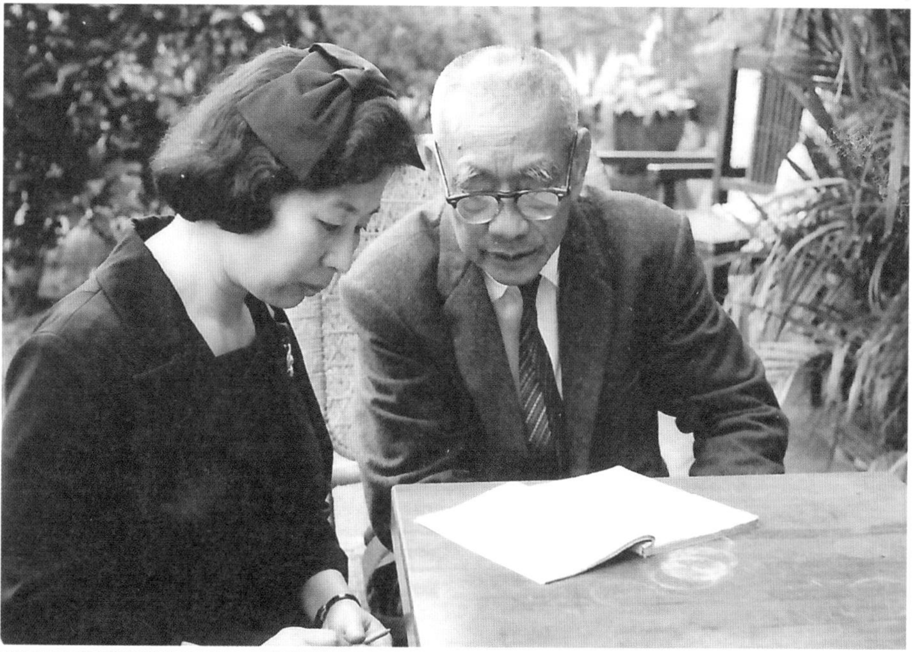

右上：位於迪化街的廣和堂藥行。左為大弟添慶，右為一同研究中國醫學的日本友人飯島博士。

左上：民國三十九年莊淑旂參加國家中醫師考試，於翌年一月獲頒中醫師證書，成為台灣第一位女中醫師。

下圖：莊淑旂曾向紀起鳳老師請教「傷寒論」，獲益良多。

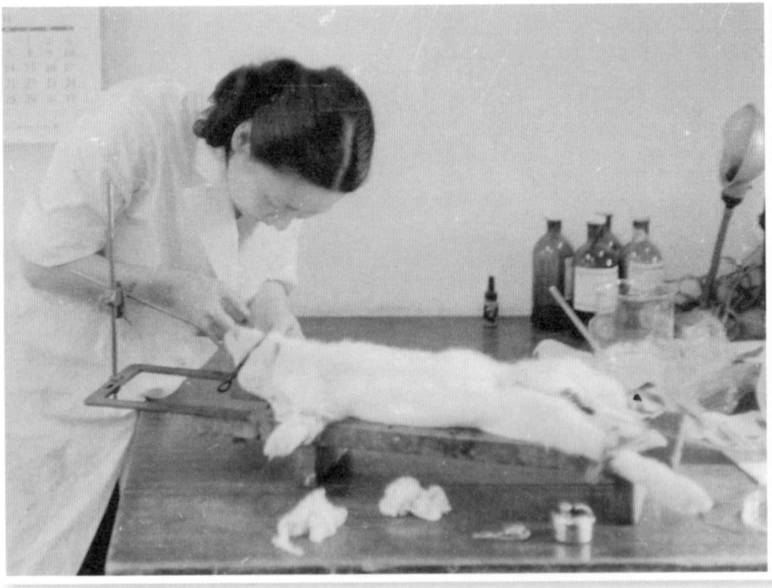

右上：莊淑旂與長女安繡赴日前合影，兩人共用一本護照。

左上：莊淑旂赴日唸書前到指南宮求籤，這首籤詩給了她不少勇氣和信心。

下圖：莊淑旂在慶應大學藥理學研究室做動物實驗。

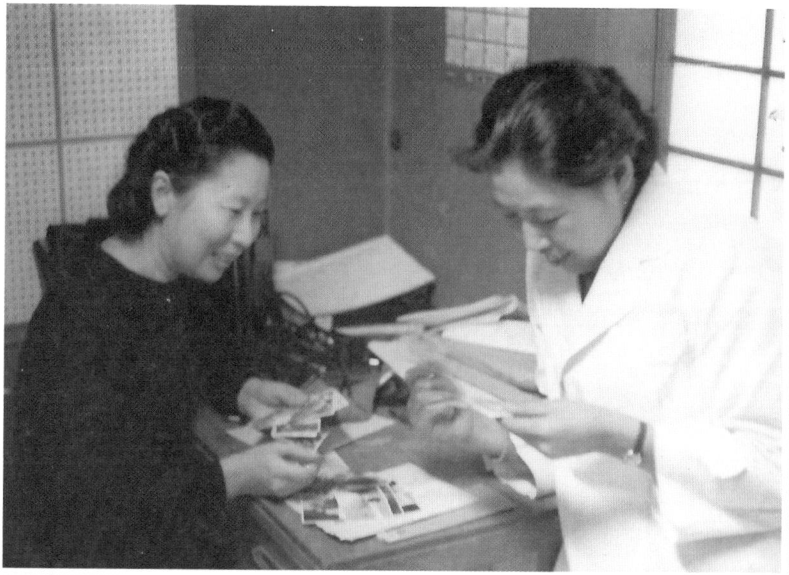

上圖：莊淑旂（右）與慶應大學的研究夥伴德永友喜子博士（1959年）。

下圖：莊淑旂與德永友喜子合開東亞診所。由左至右為德永、藥劑師小澤、莊淑旂及一位甫脫離癌症陰影的患者。

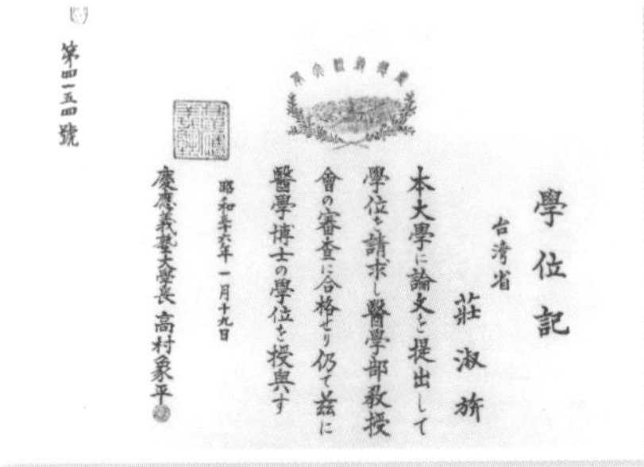

學位記

台湾省

莊淑旂

本大學に論文を提出して學位を請求し醫學部教授會の審査に合格せり仍て茲に醫學博士の學位を授與す

昭和三十六年一月十九日

慶應義塾大學長 高村象平

第四一五四號

左上：莊淑旂與長女安繡於慶應大學醫學部大樓外。

左下：莊淑旂於維也納國際藥學總會發表博士論文，題目為「如何減輕癌症末期痛苦」（1961年）。

右上：苦讀八年，莊淑旂終於取得日本慶應義塾大學醫學博士學位。

右下：莊淑旂在慶應大學醫學部的指導教授阿部勝馬。

國防部特赦證明書

[illegible]字第[illegible]號

查莊淑旂現年四十五歲女性係台灣省台北市人

前因妨害國家總動員法案件[illegible]本部依法

判決處以有期徒刑三年[illegible]茲奉

總統五十四年四月六日[illegible]字第[illegible]號

代電核定准予特赦免除其刑之執行等因

合依赦免法第七條之規定由本部發給證明書

以資證明

中華民國五十四年[illegible]月二十九日

上圖：莊淑旂過境台灣時，在機場與特地前來探視的親友合照。左三穿黑衣者為三女靜芬，中間理平頭者為長子國治。

中圖：莊淑旂回國期間全家出遊合影。

下圖：國民政府遷台初期，莊淑旂受公賣局之託訂購藥材，卻因此誤觸「國家總動員法」。後在國民黨秘書長張群的協助下，於民國五十四年取得國防部的特赦證明書。

上圖：三女靜芬於新潟大學醫學部畢業時與莊淑旂合影。莊靜芬身上的旗袍，正是當年莊淑旂領取博士文憑時所穿的。

下圖：莊淑旂與母親、長子國治、三女靜芬合影於日本皇宮二重橋前。

主婦の友社刊
ストレスの多い現代生活を勝ち抜くための
積極的な健康法
若い人はモーレツ社員に
女性はいつまでもみずみずしく
地位ある年代のかたはいつまでも青春を！
東洋医学的健康作戦
青春を長もちさせる
生活と食事
"はじめて出た
ユニークな健康法"
国際癌体質改善研究会理事長
医学博士
荘淑旂著
健康相談を受けて、やさしく懇切な指導をする荘淑旂先生

上圖：莊淑旂曾在《主婦之友》雜誌創辦的「主婦會館」提供健康諮詢服務長達十多年，是最受讀者歡迎的招牌醫師。

下右：莊淑旂為《主婦之友》寫了《青春永駐的生活與飲食》一書，以「東洋醫學的健康作戰書」為訴求，不到一年就銷售超過兩百萬本。

上圖：莊淑旂為松下幸之助按摩肩胛骨，並且在他所創辦的ＰＨＰ雜誌上撰寫健康專欄「健康的風車」。

下右：楊英風（後排中）赴日時常到莊淑旂家中作客。專欄的風車圖樣即為楊英風根據莊淑旂的理念所設計。

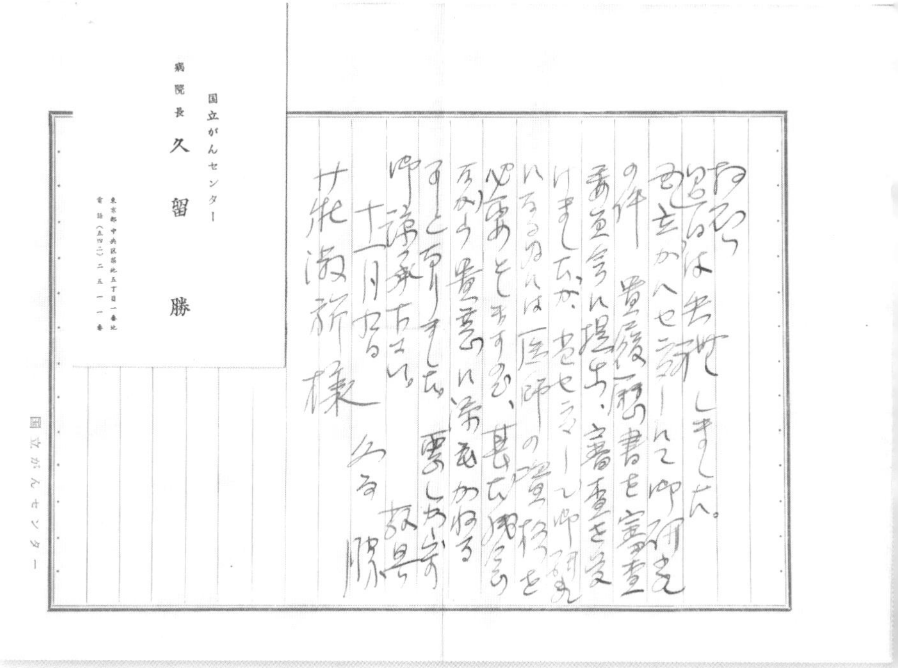

「日本國立癌中心」久留勝院長親筆所寫的覆函，婉拒莊淑旂進入該中心從事研究，讓她整整在家哭了一星期。

上圖：莊淑旂與母親及幼子陳再生醫師一家人於皇宮二重橋前留影。

下圖：莊淑旂與啟蒙老師——漢學家曹秋圃。

上圖：1977年，莊淑旂成立國際家族防癌連合會，會員廣及全日本47縣市，每年都會定期舉辦講習會。

下圖：莊淑旂四處演講，致力防癌運動的推廣。

上圖：莊淑旂在日本演講時，必身著我國傳統旗袍，現場則懸掛書寫漢字的布條。

中圖：莊淑旂指導學員製作防癌料理「梨蜜薑」。

下圖：莊淑旂（右三）代表我國於日本名古屋參加世界母親節大會。

彰状

莊淑旂殿

あなたは長年にわたり癌の研究に
取りくむかたわら患者の良き相談相手として
食生活日常生活の指導に奉仕するとともに
日台両国の親善に尽くされました
よってその行為を称え善行銅章を
贈り表彰します

昭和五十五年十一月二十一日

社団法人日本善行会
会長 東龍太郎

上圖：莊淑旂參加電視節目錄影，大力推廣中國傳統的養生料理。

下圖：莊淑旂因長期從事癌症的研究與防癌的推廣，促進中日兩國的文化交流，獲得日本善行會的表揚。

上圖：阪本泰子46年前罹患乳癌，從名古屋趕到東京向莊淑旂求助，臨別時要了一張莊淑旂的照片放在身上。如今照片仍完整無缺。

下圖：莊淑旂為阪本泰子做檢查。阪本的右乳在46年前因罹患癌症而切除，左乳的癌細胞則早已消失。

莊淑旂與母親合影於飄雪的明治神宮鳥居前。（1978年）

廣和堂

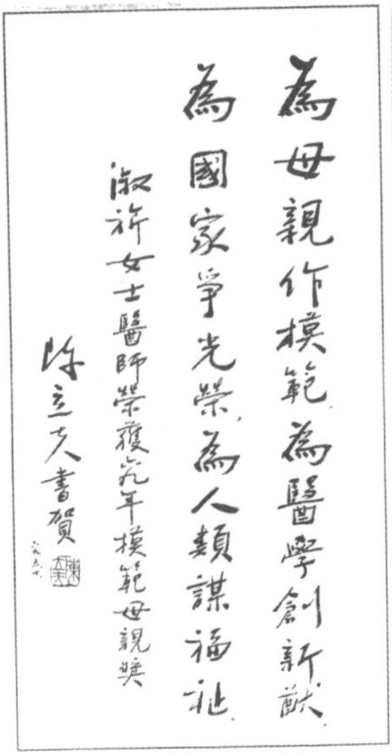

為母親作模範 為醫學創新猷
為國家爭光榮 為人類謀福祉
淑旂女士醫師榮獲六九年模範母親獎
陳立夫書賀

03-4729

左上：民國79年莊淑旂當選好人好事代表，回內雙溪廣和堂祖厝祭祖。

下圖：民國69年莊淑旂當選台北市模範母親，搭乘名紳楊肇嘉所提供的座車到中山堂接受表揚。右上為陳立夫賀辭。

莊淑旂回台灣後成立中華民國家族防癌協會，致力推行防癌保健觀念。

上圖：莊淑旂認為製作菜色多樣的潤餅捲，可促進親情交流，相當值得推廣。

下圖：莊淑旂八十歲的生日，子女合唱「甜蜜的家庭」祝壽。由左至右分別為長女安繡、次女壽美、三女靜芬、長子國治、幼子再生。

上圖：不論晴雨寒暖，莊淑旂每天清晨一定外出運動，呼吸大自然的氣息。

下圖：莊淑旂示範宇宙操的正確姿勢。「防癌宇宙操」是莊淑旂根據《傷寒論》的平衡學說自創的伸展運動，目的在排除體內脹氣，消除身心疲勞，維持身體正常的免疫功能。

莊淑旂博士 百年誕辰暨文物捐贈典禮

In Celebration of Dr. Chuang Shu Chi's contributions

中央研究院 歷史語言所

日期：二〇一九年十一月二十日

一代名醫莊淑旂博士不僅是臺灣首位女性中醫師，更是享譽國際的「防癌之母」。二〇一九年適逢莊博士百歲誕辰，愛女莊靜芬醫師代表家屬親自整理生前手稿、書信、相片與研究札記等等珍貴文物資料，共有一千二百個卷宗、四萬張照片、九百本書籍、三百卷錄影帶、獎牌與海報數十件，皆無償贈與中央研究院歷史語言研究所收藏。

歷史語言研究所的王明珂所長、陳熙遠主任、李貞德教授，以及臺灣史研究所許雪姬所長、臺南市醫院中醫部張烱宏醫師、臺灣大學食品研究所名譽教授江文章名譽教授皆出席捐贈典禮。

此批的資料捐贈不僅是莊博士個人的歷史見證軌跡，更涉及近現代醫療史、婦女史、文化交流等重要課題，希冀透過數位典藏，將莊博士畢生的智慧結晶深化研究和傳承延續。

捐贈典禮謝辭

陳熙遠（時任歷史語言研究所檔案館主任）

歡迎在場的來賓與我們一起見證莊淑旂博士的文物捐贈典禮。今年適逢莊博士的百歲誕辰，家屬將其手稿、書信、相片與研究札記等珍貴資料，悉數無償捐贈給歷史語言研究所檔案館典藏，待整理與編目竣工之後，將提供學界研究與參考之用。本人在此謹代表史語所檔案館，向所有辛苦付出的朋友與家屬，致上誠摯的謝意。特別是本院李貞德博士與雷祥麟博士兩位居間熱誠穿針引線，莊靜芬醫師與莊壽美老師更在檔案交付過程中，先後提供必要的協助與全力的支持。

儘管中央研究院歷史語言研究所於二〇一四年方才正式設立檔案館，但早在一九二八年院所成立之初，創所所長傅斯年先生即高舉「上窮碧落下黃泉，動手動腳找東西」的旗幟，不遺餘力地四處蒐羅、考掘各類珍稀史料。儘管歷經戰亂，史語所不得已自北而南，從北平、上海、南京，輾轉到湖南長沙、雲南昆明、四川李莊；復又自西徂東，從四川折返南京，再渡海來臺，暫時落腳於楊梅，最後定錨於南港。即使在顛沛流離的征途上，史語所的前輩同仁仍持續不斷就地取材，隨地進行各類調查，從而在烽火蔓延裡展開其學術研究。史語所檔案館建置與編制的起步雖晚，但正是繼承過去這股以上下尋索從而繼往開新的精神，嘗試結合隨時蒐集的在地史料，探索與時俱進的研究議題。

猶如史語所早期的篳路藍縷一般，莊淑旂博士的生命歷程亦多有波折，年輕時即屢次身處逆境，並以堅毅的精神一一克服困難。她從一位藥房的學徒，到國內第一位考試合格的女中醫師，後又經過在日本九年的刻苦學習，終得榮獲慶應義塾大學的醫學博士。莊博士過去曾為日本皇室、或已故羅馬教宗調養的事蹟，幾經報章批載，早已是膾炙人口的傳奇。但她平凡中的偉大，更展示在她對芸芸眾生健康的關懷之上。由於先後歷經父親與先生罹癌早逝的苦痛，莊博士特別關注於防癌的課題，她曾於日本成立「國際癌體質改善研究會」，進行生活和病因調查，並透過行醫、著作與演講等方式，長期關注並積極推廣女性健康管理的概念。我剛剛在會場旁精選文物的展櫃裡，瞥見她手寫的一段紙片，上面信手註記若干片段隨筆，如WHO（世界衛生組織）缺乏我國的參與、末期癌患者該如何愛自己、並又提及「東西醫學」、「傳統」「民間療法」與「親情療法」等等條目。隻字片語無不展示其念茲在茲的關注所在。在她眼中，無論其身分與性別，每個人都是值得她、需要她引領走向健康的人。

莊博士波瀾壯闊的一生，使得她在各個生命旅程階段中所留下的吉光片羽，都顯得彌足珍貴。本次受贈之文物多達兩百箱以上，其中更包括莊博士長期大量閱讀與觀察的筆記，並保存許多當時的相關報導。這批檔案可說包含著莊博士一生過化存神的研究心血與經驗實錄，不論就中醫的理論與實踐、醫病關係、醫療與性別、甚至是臺日的文化交流等面向，都能提供檢索覆按的重要線索。而這批收儲在史語所的檔案，絕不會僅是儲於匱室或展於櫥窗的冊府典

莊淑旂博士捐贈文物之應用與貢獻

李貞德教授　現任歷史語言研究所所長

非常感謝莊淑旂博士的家屬將文物捐給史語所！我從很年輕的時候，就在報章雜誌媒體得知莊博士的消息，但從來沒有見過她。

幾年前從雷祥麟教授得知莊博士的家屬有意把莊博士的資料做完整的捐贈典藏，以利未來學術研究。我除了協助本所行政，也基於多年來從事傳統中國性別與醫療史研究的經驗，擔任起中間人，到莊靜芬醫師家參觀莊博士的文物，設法促成此次捐贈。至於莊博士的資料將來可以怎麼用？從性別與醫療的歷史研究，我想主要可以分成兩部分來說：

第一、女性做為被照顧者：

不管是生育還是生病，傳統研究主要都把女性當做被照顧的對象，探究她們經歷了什麼樣的被照顧過程？做為病人的遭遇如何？治療過程有什麼樣特點？吃什麼藥？為什麼會吃這些藥？為什麼要做這樣的照顧？這跟傳統觀念怎麼樣看待女人的身體大有關係。

不論從傳統中國史或近現代台灣史看來，女性一生，從年輕到老，幾乎都跟醫療發生關係，可是截至目前，醫療史對女性作為被照顧者這方面的研究，基本上還是環繞在她作為生育者的部分，成果比較多。

例如，女人在生產的時候，怎麼被照顧？為什麼會被這樣照顧？還有懷孕的過程，怎麼樣受孕？怎麼樣安胎？怎麼樣平安把小孩生下來？生完之後如何哺乳？針對生育整個環節，醫療史對於女性的研究成果是最豐富、最多的。

其中關鍵在於傳統中國醫學對於氣跟血的看法。中國醫學從五世紀開始，到十三世紀，確立婦人以血為本，治療婦人必須先調經。血，正是對女人身體的認識基礎，影響婦科發展、治療以及對於生育的看法跟態度，包括從受孕開始到哺乳或者是產後。

然而，醫療史研究對於不生孩子的女人，著墨卻不多。大家都知道，並不是只有生孩子的，才是女人，從莊博士出版的書，以及她的文件資料可以看出，她關注的女性健康，不僅僅是生育時期而已。

莊博士從生理期開始，就是初潮，就有不同的處理的方式、看法、教導，懷孕生產當然就更不用說了。更重要的是，莊博士對於女性更年期，或說停經過程，以及之後，應該怎麼樣保養身體，也有重要意見。尤其是莊博士曾經有一本書「阿娘」，就是寫自己的母親，延伸討論關於中高年婦女的健康照護，這在醫療史對婦女的研究來講，卻缺乏深入研究。

更年期的問題，在用藥方面的研究很多，但傳統中醫怎麼樣看待停經？怎麼樣理解、照顧停經女性？這在醫學史研究上幾乎是空白。

莊博士還有一本書「女人的三春」，從生理期初潮、懷孕生產、更年期停經，都是女性調養自身的機會，這是怎麼樣跟傳統中醫結合？怎麼樣用生命經驗、跟病人相處的理解，重新認識並詮釋傳統中醫的女性身體觀？這是非常有發展潛力的研究課題。我非常高興莊博士的文獻捐贈本所之後，有興趣學者，將可在這方面多加發揮，把女人完整的人生而不是只有生育，當作是歷史學或醫療史研究的課題，進一步發展。

第二、女性做為照顧者：

傳統社會留下資料的女醫生實在非常少，歷史學者討論最熱烈的，大概就是明代女醫談允賢、清代女醫曾懿。除此之外，近代女性醫療者的研究大都是西醫生，對中醫女醫的研究幾乎可說絕無僅有。

莊博士就是非常值得研究的對象！除了許雪姬所長為莊博士口訪寫下的回憶錄，正是很好的綜合性史料之外，雷祥麟博士也曾經寫過莊博士如何講「廚房就是藥房」，將女醫的角色放回女性做為照顧者的生活經驗中來分析。台灣女性在家裏擔任家庭主婦，怎麼樣調理好食物，在莊博士推廣和認可之下，女性「主中饋」這個角色變得非常重要。

其次，莊博士如何展現女醫的行醫風格？比如大家都說她講話非常溫和，事必躬親，對病人態度非常好，並且影響層面不只是個人，而是影響大範圍的群體。

論及莊博士畢生的醫療行為、行醫態度，這是女醫特有的嗎？（換句話說，應該從性別角度分析嗎？）還是中醫特有的嗎？（也就是說，應該從不同醫學傳統的角度分析嗎？）還是莊博士特有的而已呢？未來是可以學習和推廣的嗎？往後是可以進行研究而來效法的嗎？

這都是醫療史，尤其是把女性作為醫療史的研究對象，針對女性照顧者非常欠缺、但值得繼續推動的研究。

希望莊博士遺贈兩百箱以上的史料，將來在史語所發揮影響，藉以說明她對東亞醫療，及其歷史研究的貢獻。

我覺得以上主題，都是非常值得繼續挖掘研究、發揚光大的，謝謝大家。

莊淑旂文物整理工作後記

蔡偉立　文物修復保存工作者
二〇二〇年一月九日

我的工作是負責整理莊淑旂博士的文件做捐贈及展示準備，捐贈的文書共有二百多箱，其中包括莊博士生平收藏的書籍約九百本、文件卷宗有一千二百多個，其中混合了她的手稿、講義、筆記本、剪報、往返信件、健康問卷和卡片等等，照片大約有四萬張、錄影帶三百多卷、獎牌及海報數十件，以及推廣宇宙操歷年使用的宇宙巾共二十四個版本。在各式文件中還夾著多如雪片的便條紙，這也成為莊博士檔案的一大特色。

整理莊淑旂博士的文件是一份非常奇妙、獨特的工作，我在一個很安靜、有一點灰塵、完全沒有同事的庫房工作，每天早上我打開這扇門就進入了另一個世界，雖然無聲單調但是我完全不可能無聊，因為每開一個紙箱都充滿驚訝、讚嘆或感動，在這裡我認識了莊淑旂博士。從她遺留下來排山倒海的文件，我見到這位勇敢美麗的仁醫傳奇的一生，和他幫助過台日兩地無數的人。我希望不只是我看見這些珍貴動人的文件。

這批檔案不僅是個人歷史見證的軌跡，更涉及近現代醫療史、台灣婦女史與文化交流史等重要課題。如此龐大的數量，是因為莊博士多年來蒐集、保存豐富的醫病相關資料，還有她習慣隨手在便條紙寫下備忘事務、病歷處方或抒發情感的字句，內容都十分貼近生活，也讓人從中體察莊博士視病猶親和堅毅自立的精神。很高興現在這些檔案得到中研院史語所妥善的典藏和維護，成為全國人民共有的資源，希望未來更多人可以從這些文件中學習、研究和學會照顧自己。

莊博士檔案捐贈前整理情況

莊博士檔案捐贈前整理情況

096
097

百年誕辰
捐贈典禮花絮

圖：莊淑旂博士之女合照，二女兒莊壽美老師（右）與三女兒莊靜芬醫師（左）

圖：莊淑旂博士百歲誕辰暨文物捐贈典禮之貴賓合照

上圖：莊淑旂博士百歲誕辰暨文物捐贈典禮之講者合照 (由左至右) 中央研究院歷史語言研究所 陳熙遠主任、台南市立醫院中醫部 張烱宏醫師、莊淑旂博士二女兒 莊壽美老師、日本貴賓 鮫島純子夫人、莊淑旂博士三女兒 莊靜芬醫師、臺灣大學食品科技研究所名譽教授 江文章教授、中央研究院歷史語言研究所 李貞德所長

下圖右：日本貴賓鮫島純子夫人上檯分享當年在日本與莊淑旂博士相識過程以及先生病後之調養生活

下圖左：日本「愛敬會」部分團員特地遠從日本來臺支持

上圖：中央研究院歷史語言研究所李貞德所長，針對此次捐贈文物對於臺灣婦女史、性別與醫療之貢獻分享

下圖：莊淑旂博士孫女合照 (由左至右)郭沄蓁、張濱瑛、郭庭蓁女士

上圖：莊淑旂博士文物策展人蔡偉立女士

下圖；高齡九十七歲日本貴賓鮫島純子夫人特地來臺觀禮和經驗分享

上圖：莊淑旂博士百歲誕辰暨文物捐贈典禮當日展示之部分文物

下圖：莊淑旂博士百歲誕辰暨文物捐贈典禮之紀念郵票與絲巾

「照片、證書等原件已贈予中央研究院歷史語言研究所檔案館收藏」

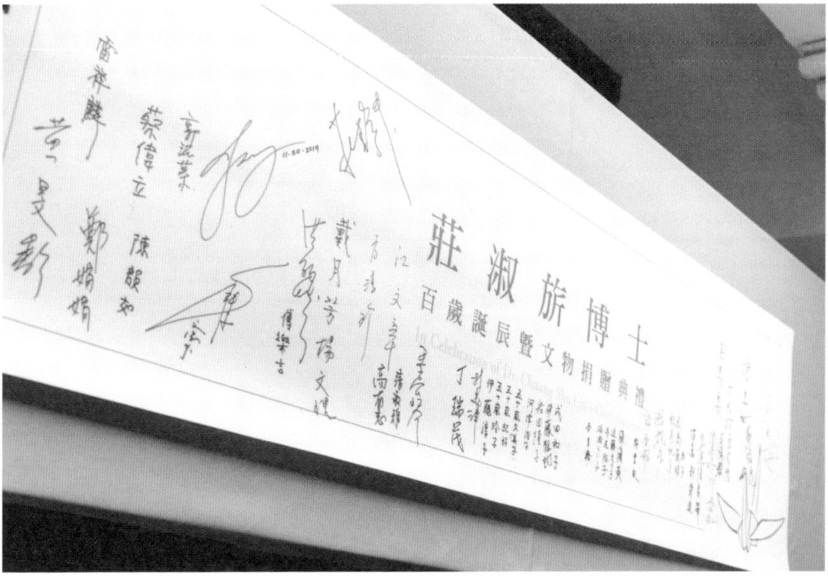

上圖：莊淑旂博士百歲誕辰暨文物捐贈典禮之簽名布條

下圖：莊淑旂博士百歲誕辰暨文物捐贈典禮當日展示之文物展示

國家圖書館出版品預行編目(CIP)資料

莊淑旂回憶錄/莊淑旂口述 ； 許雪姬等訪問. 記錄.
-- 臺北市 ： 風車生活, 2021.1
面 ； 公分
ISBN 978-986-99679-0-7(平裝)
1.莊淑旂 2.中醫師 3.臺灣傳記
783.3886　　109016692

莊淑旂回憶錄

口述	莊淑旂
訪問、記錄	許雪姬、劉淑芬、張淑雅、賴惠敏
總編編	賴美華
特約美編	李文順
經銷代理	白象文化事業有限公司
	412台中市大里區科技路1號8樓之2（台中軟體園區）
	出版專線：（04）2496-5995　傳真：（04）2496-9901
	401台中市東區和平街228巷44號（經銷部）
	購書專線：（04）2220-8589　傳真：（04）2220-8505
出版者	風車生活股份有限公司
	地址：11157台北市士林區天母北路68-10號1F
	電話：02-2828-6969
	網址：www.wgroup.com.tw
莊淑旂博士官方網站	網址：www.drchuangsc.com
ISBN	978-986-99679-0-7（平裝）
出版日期	二〇二一年一月
定價	新台幣420元

莊淑旂

回・憶・錄